「あのさ…」

「なんだ」

「どうしてこういうことをするんだよ？」

「こういうこと？」

「俺を抱きしめたりとか…」

「何か問題か？」

illustration AMI OYAMADA

詐欺師は恋に騙される
Swindler is deceived by love.

洸
AKIRA presents

KAIOHSHA ガッシュ文庫

イラスト★小山田あみ

CONTENTS

★本作品の内容はすべてフィクションです。
実在の人物・地名・団体・事件などとは一切関係ありません。

詐欺師は恋に騙される
Swindler is deceived by love.

プロローグ

人は信じたいものを信じる生き物だ。

そんなうまい話があるわけないだろ、と普通なら思うようなことも、いざ自分のこととなると欲がでる。

その欲こそが、詐欺師にとっての餌《えさ》なのだ。


里見佑真《さとみゆうま》はさりげなく社内を観察した。

彼は現在、保険外交員としていい成績をあげている。そのおかげで、支店長と共に本社の推進会議に出ることができた。

会議は毎月行われるが、優秀な支店には経営方針などを披露する場が与えられるのだ。

直属上司である支店長の斉藤《さいとう》は、少々薄くなった髪を気にしている中年男だった。家では奥さんに邪険にされ、子供に煙たがられているタイプ。

若い者にお世辞を言われると喜ぶので、取り入るには一番簡単な人物だ。

会議にはほかの支店長も出席するため、優良支店として壇上に立つのは名誉なことで、斉藤はすっかりご満悦だった。

「君のおかげで今期はうちがトップになりそうだ。私も鼻が高いよ」

「斉藤さんのご指導のおかげです」

「いやいや。これからもがんばってくれ」

里見は恥ずかしそうに頷《うなず》いてみせた。

八月に保険外交員の求人情報を見つけ、雇われてから早三ヶ月。『人を勧誘してその気にさせる』という、自らの才能を遺憾なく発揮した。

その結果、今ではすっかり斉藤のお気に入りである。

目的は成績を伸ばすことではないが、収入が増えるのは悪くない。さらに、信用を得られるという意味では重要だ。

本社に出入りできるようになるためには、もう少しこれを続ける必要があるだろう。

上機嫌で肩をたたいている斉藤の携帯電話が鳴った。軽く頷いて電話に出た斉藤が、急に背筋をぴんと伸ばす。

「はい、そうです、一緒におります」

どうやら相手は、かなり上の人物らしい。相手には見えないのに、ぺこぺこと頭を下げている。

「はい、分かりました。もちろんすぐに伺わせます」

さらに何度か頭を下げたあと、斉藤はそろそろと電話を切った。

「里見くん、宇崎《うざき》専務が君をお呼びだ」

「え？」

「たった今、専務から直接電話があった。大至急、君に会いたいそうだ」

里見の警戒アンテナが反応した。

今日のところは顔見せのつもりだったのに、いきなり専務に呼ばれるとは。想定と違う事態は用心すべきことである。

「支店長と一緒に、ということでしょうか？」

「いや、君一人で専務室に来いとのことだ」

「専務さんが俺になんのご用でしょう？」

「よく分からないが、専務室に呼ばれるなんて光栄なことじゃないか。専務は若くて意欲的だというし、君の成績が目に止まったのかもしれないな」

「でも俺はただの外交員ですよ」

「腕を見込まれて、本社に引き抜かれるのかもしれないぞ。うちにとって君を失うのは痛手だが、せっかくのチャンスだからがんばりたまえ」

「はあ」

里見にはあまりありがたくない話だった。目立ちたくないから、わざと支店から動いているのに。中枢に近づきすぎるのは危険を招く。

下調べした会社概要で、宇崎専務のデータを思い浮かべた。役員の中では変わり種で、確かまだ三十四歳だったはずだ。

この保険会社は保険金の不当な未払い問題を起こしたことがあり、経営自体も危うくなった。その時、若くして抜擢《ばってき》された宇崎が社内の改革を断行してマスコミの批判を緩和し、経営を持ち直させたという。

その手腕を評価されて専務になった切れ者である。

こういうタイプには用心が必要だ。先を見通して手を打てる人間は、洞察力や観察眼が鋭い。そう簡単に人の言葉を信じたりはしないだろう。

だが考えようによっては、確かにチャンスかもしれない。うまく立ちまわりさえすれば。

「分かりました。専務のお話を聞いてきます。俺の成績がいいのは支店長のおかげだってことも、ちゃんと伝えてきますね」

「いやいや、そんな気遣いは無用だよ」

手を振って遠慮しながらも、嬉しそうなのは隠せない。里見は殊勝な態度で前を辞し、専務室に向かった。

すでに本社ビルの間取りは把握している。こんなに早く、下調べが役に立つとは思わなかった。

専務室の前まで来ると、秘書と思われる女性が中に案内してくれた。

「里見さんがお見えです」

紹介されて、部屋に残される。里見は興味深げに専務室を見まわした。思っていたより、簡素な部屋だ。

正面は大きな窓で、壁のほとんどをキャビネットが占めている。窓の前にはどっしりしたデスクがあり、一人の男が座っていた。

里見が入ってきても顔を上げず、書類に何やら書き込んでいる。秘書の言葉は聞こえているはずなので、わざとなのだろう。

権力がある人間に対しては、辛抱が肝心である。自分の力を見せつけるために、相手の出方を試すような真似《まね》をするからだ。

里見は何も言わずに待つことにした。静かな部屋に、ペンを走らせる音だけがする。しばらくすると書類が閉じられ、ようやく彼が顔を上げた。

何歳か知っていたはずなのに、その若い容貌《ようぼう》にどきっとした。役員というと五十歳以上のオジさんを想像するせいだろうか。

年齢のことを別にしても、その男は印象的だった。

鋭い目に、意思の強そうな顎《あご》の線。彫りの深い整った顔をしているが、あまり表情がないので冷たく見える。

おそらく、お世辞や太鼓持ちを嫌うタイプ。見るからに理性的で頭が切れそうだ。義父の亮治《りょうじ》ならこう言うところだろう。要注意人物、と。

「里見佑真か」

「はい、そうです」

唐突に聞かれ、神妙な返事をした。

この保険会社に勤めるに当たっては、本名を使った。身元を調べられる可能性も考え、怪しまれないようにするためだ。

本名には傷がついていないので、問題はないはずである。

名前を確認したあと、宇崎はまた沈黙した。まるで何かを見透かすように、じっと里見の顔を見ている。なぜか分からないが、この視線にさらされているのは居心地が悪い。

今度は自分から沈黙を破ることにした。

「あの、なぜ俺はこちらに呼ばれたんでしょう？」

おどおどした感じで言ってみると、宇崎の口元が引き上がった。

「俺を覚えていないようだな」

「は？」

「俺はよく覚えている。その時のお前は、佐藤健太《さとうけんた》という名前だったが」

里見の背筋が冷たくなった。

その名前は、かつて使った偽名の一つだ。様々な偽名を使い分けてきたが、佐藤健太はかなり昔のものである。

改めて宇崎の顔を見た。あの名を使ったのはまだ義父が生きていた頃、せいぜい十二、三歳の時だ。

どこで出会った？　宇崎の十年くらい前を想像する。これくらいインパクトのある男を、里見が覚えていないはずがない。

ふと、頭に載せられた手の感触を思い出す。

『大丈夫だ、健太くん。俺がついてる』

優しい目をした保険の外交員。そうだ、彼は確か宇崎という名ではなかったか？　いつも保険のお兄ちゃん、と呼ぶように言われていたので、さほど本名を気にしていなかった。

里見の役目は、なるべく相手の同情を引くこと。だから家族のようにおばちゃんとか、お姉ちゃんとか呼んで、親しみを込める。

あの時のターゲットが宇崎だったのか。あまりに印象が変わっていたので、目の前の男と結びつかなかったのだ。

しかし、当時彼が所属していた会社はここではなかったと思う。もっと小さな、地元に密着した保険会社の新人だった。

あれからより大きな会社に転職して、ここまで出世したということなのだろうか。

詐欺師にとって悪夢の一つは、過去に騙《だま》した相手と出会ってしまうこと。でもあれは、もう十年も前の話だ。里見はまだ子供だったし、その頃から顔も変わっているだろう。証明する手立てはないはずである。

まだ言い逃れられる可能性は高い。

「俺は里見佑真ですよ。佐藤健太なんて知らないし、あなたと会ったこともないと思います」

「あまりに大勢を騙してきたから、いちいち覚えていられないか」

「騙すって…、俺にはなんのことだか…」

言われたことに困惑し、途方に暮れた表情を浮かべてみせる。

里見は子供の頃、『お人形さんみたいでかわいい』と言われていた。成長するに従って、同級生より大人びていると言われるようになり、『かわいい』より『カッコいい』と形容されるようになった。

それでも悲しそうな顔をすると、今でもかなりの威力を発揮する。どうやら母性本能を掻き立てるようで、年配の女性たちには特に利く。

しかし相手が宇崎のような男性では、その威力も半減してしまう。彼は馬鹿にしたように唇を歪《ゆが》めた。

「つまらない芝居はやめておけ」

宇崎は椅子《いす》の背もたれに寄りかかり、腕を組んだ。

「お前の狙いが何か知らないが、この会社を選んだのは失敗だったな。調べさせたところ、今回は本名を使ったようじゃないか。詐欺師にしては愚かな真似をしたものだ」

つまり、もっと前から里見の存在に気づいていて、下調べをしてから呼びつけたということだ。

とはいえ、実際のところ経歴詐称はないわけだから、まだなんの罪にも問えない。

「俺は詐欺師なんかじゃありません。俺のことを調べたのなら分かるはずです。俺はただ、外交員として仕事してるだけで…」

「やめろ。お前があの時の少年だということは分かっている」

ぞくっとするほど冷たい声だった。

騙した相手には、恨まれていて当然だ。実質上の被害に加えて、『騙された』という事実が心を傷つける。

里見は困惑した顔を崩さないまま、ドアのほうを意識した。宇崎が過去の恨みを晴らすつもりなら、警察を呼んでいるかもしれない。

過去の詐欺は証明できなくても、探られれば痛いところは十分ある。

正体がバレた時の対応は、三段階だ。まずはとぼけて言い逃れ、相手が持っている情報を探って時間を稼ぎ、最後はとっとと逃げ出す。

真ん中をすっ飛ばして逃げ道の心配をしたのは、宇崎の眼差《まなざ》しのせいかもしれない。その目にさらされていると、なぜか心が乱れてしまう。

何があっても冷静さを失うな、という鉄則を教えられていたのに。

動揺したせいなのか、滅多に見抜かれない心のうちを宇崎には気づかれたらしい。その端整な顔に、冷酷そうな笑みが浮かんだ。

「心配するな、俺はお前を警察に突き出すつもりはない。おそらく俺の証言だけでは、証拠不十分だろうしな」

里見はとぼけるのを一旦中止した。

宇崎は里見の正体を確信しているし、状況も把握していた。逮捕させるのが目的でないのなら、目的はほかにある。

「だが俺には、お前を追い詰めることができる。お前の正体を名前と写真付きでネットに流すのはどうだ？　お前のような人間にとって、顔が売れるのはまずいはずだな」

里見はまじまじと宇崎の顔を見つめてしまった。

確かにそれはその通りだ。

かつて、天才詐欺師と呼ばれた男がアメリカにいた。逮捕された原因は、あまりに優秀で関係各所に顔が売れすぎたせいである。

ネットに流す分には証拠はいらない。卑怯《ひきょう》な手ではあるが、この男はやると言ったことはやりそうだ。

「もし事実と違うというなら、俺を名誉毀損《めいよきそん》ででも訴えればいい。できるものならな」

挑発しているというより、嘲《あざけ》っている口調。里見が訴えることなどできないと知っているのだ。

ネットの情報だけで警察は動かないとしても、それを見た誰かが何かに思い当たることもある。状況は明らかに不利だ。

「そんなことを本気でするつもりですか?」

「それはお前次第だ」

里見は考えをめぐらせた。

脅迫には理由がある。欲しいものを得るために、もしくは相手を従わせるために使う。

つまり里見は、宇崎が欲しいものを持っているということだ。

それならば、逃げ出す前にまだ交渉の余地はある。

里見は殊勝な外交員の顔をやめて、宇崎に目を当てた。

「俺をここへ呼んだ目的は?」

宇崎は皮肉っぽく唇を歪めて言った。

「お前の腕を買ってやろう」

1

『ちょっとここで待っててね』

初めて遠出をした日。長い時間電車に乗れて、はしゃいでいたのを覚えている。アイスクリームを買ってもらい、見知らぬ公園のベンチに座った時に、母がそう言った。

『すぐ戻ってくるから。いいわね、ここを動いちゃ駄目よ』

『うん。僕、待ってるね』

素直にそう返事をしたのは、母を悲しませたくなかったからだ。いつも母は悲しそうで、泣いてばかりいたから。

『いい子ね、佑真』

母は優しく頭を撫《な》でてくれた。それが嬉《うれ》しかったので、母の姿が見えなくなったあとも、じっと動かずいい子で待っていた。

アイスクリームを食べ終わり、一時間が過ぎ、二時間が過ぎても、そのままでいた。辺りが暗くなっても待ち続けた。

自分が母に捨てられたのだと気づいたのは、ずっとあとのことだ。

里見の元の名は、相川《あいかわ》佑真という。公園に置き去りにされたのは、五歳の時だった。

あの暗い公園のベンチを、里見は今でも夢に見る。すっかり大人になってからも、あそこに戻らなければいけないような気分になってしまう。

子供の頃は、本当にずっとそう思っていたから。

あの日、ぽつんと座っていた里見に声をかけてきたのが、里見亮治という男だった。

『こんな時間に一人で何やってんだ、坊主』

里見には父親がいない。物心がついた時からいなかったし、母も父の話はしなかった。

『僕のお父《とう》さんはどこにいるの？』という話をすると母が泣いてしまうので、里見も口にしないようになった。

そのため、大人の男性とはあまり話したことがない。亮治は痩《や》せて小柄なほうだったが、子供の目には十分大きい。

怯《おび》えて黙っていると、彼はしゃがんで視線を合わせ、にっこりした。その笑顔には不思議と警戒を解いてしまう威力があり、心細かった里見には効果覿面《こうかてきめん》だった。

知らない人と話しちゃいけません、という母の言葉にそむき、思わず口を開く。

『おじさん、誰？』

『俺は亮治っていうんだ。お前は？』
『相川佑真』
『家はどこだ？』
『遠く。たくさん電車に乗ってここに来たの』
『それで、佑真はここで何してる？』
『お母《かあ》さんを待ってる』
『お母さん、どこに行ったんだ？』
『分かんない。ここで待つように言われたの。すぐ戻ってくるからって』
『いつから待ってる？』
『お昼ごろから』
亮治はしばらく沈黙し、急に立ち上がって手を差し伸べた。
『俺と一緒に行こう、佑真』
里見は目をぱちくりさせた。
『駄目だよ、ここで待ってるって約束したんだ』
『でも腹が減ってるだろ？　何か食べてから戻ってくればいい』
言われた通り、お腹がぐうぐう鳴っていた。さすがに空腹には逆らえず、里見は彼の手につかまった。

『ちょっとだけだよ。お母さんが来ちゃうかもしれないし』

『ああ、約束する』

手を引かれて連れていかれた先は、公園の目と鼻の先にある亮治のアパートだった。そこで彼はオムライスを作ってくれて、里見はぱくぱくと平らげた。

食べたらすぐ公園に戻ろうと思っていたのに、体力的に限界にきていた里見は満腹になったら眠ってしまった。

翌朝目が覚めると、きちんと蒲団《ふとん》に寝かされていた。里見は飛び起き、隣で寝ていた亮治に挨拶《あいさつ》もせずに外へ飛び出した。

だって、待ってると約束したのだ。あそこにいないと、母が自分を見つけられない。里見は公園のベンチに座って、母を待った。

しばらくすると亮治が迎えに来て、また食事を食べさせてくれた。

それから、何度もそれが繰り返された。公園のベンチに座り続ける里見を、亮治は辛抱強く迎えに来てくれた。

そのうちとうとう、里見は公園に行くのをやめた。幼心にも分かったからだ。母がもう、戻ってこないことを。

公園に行く代わりに亮治と一緒に買い物に行った帰り道。手をつないでいた彼が、こう言った。

『お前、俺の子になるか?』

里見は彼の手を握り、黙って頷いた。

その時から、相川佑真は里見佑真になった。

当時、養子縁組がどのように行われたのか里見には分からない。ただ想像することはできる。亮治は詐欺師で、法の抜け道をよく知っていたから。

『騙される前に騙す』というのが、亮治の信条だった。

そういう彼がどうして自分を引き取ってくれたのか、はっきり聞いたことはない。母親に騙されて置き去りにされた子供に同情したからか、子連れのほうが人の信頼を得やすい、という理由だったからなのか。

どちらにしても彼はちゃんと学校に通わせてくれたし、できる限りのことをしてくれたと思う。

詐欺のやり方を教えてくれることも含めて。

亮治が得意としていたのは、保険金詐欺だった。とあるヤブ医者と組んでいて、病気や怪我《けが》をでっちあげ、保険金を受け取る。

病人や怪我人の振りが、亮治はすごくうまかった。しかも、彼には独特な雰囲気があり、不思議と人から信用される。

その話術と芝居のうまさに、里見は感心したものだ。

宇崎貴史《たかし》と出会った頃には、すでに亮治の相棒として自分の役割を心得ていた。保険に入る時は、年格好の似た実在の人物の名を使う。住所と連絡先だけを変え、その人になりすますのだ。

亮治は保険の外交員にいろいろ相談し、親しくなっておくのが常だった。保険に入りそうだと思えば、彼らは家に訪ねてくる。里見は目いっぱい甘えて、かわいい子役を務めた。宇崎にも、そんな風にしたはずだ。まだ若くて仕事を始めたばかりの新人は、格好のカモだったに違いない。

目当ての保険に入り、必要な期間の保険金を払ったところで、亮治が倒れる。脳梗塞《のうこうそく》とか心臓発作とか、急に発症する病気が狙い目だ。

あの時、宇崎はすぐに飛んできてくれた。母親は死んだことになっていたから、一人でいる里見を心配してくれたのだろう。

実際に里見も、心細くて頼りなげに振る舞ったはずだ。

宇崎は自ら保険金の請求手続きやらなんやらをやってくれ、『入院中』の亮治に代わって里見の面倒まで見てくれた。

『大丈夫だ、俺がついてる』

　確かにみんな里見に同情してくれたが、あんなことを言ってくれたのは彼だけだ。しょせんは保険の外交員とただの客なのだから。

　彼があまりに優しかったので、亮治に聞いたものである。

『あのお兄ちゃんが、あとでひどい目にあったりしないよね？』

『大丈夫だ。損をするのは保険会社で、彼らじゃない。保険会社は山ほど儲《もう》けてるから、これくらいは屁《へ》でもないさ』

　実際のところ、死亡保険金とは違って、治療費や入院費用ではそれほど大金は動かない。むしろそれだけに調査が甘く、発覚しづらかった。

　映画のように一発で大金を騙し取れればいいが、現実にはそんなうまい話はなかなかない。すぐに発覚して目をつけられることがないように、ちまちまと地道に稼ぐ。一度請求したあとは、別の場所で別の名前で、また別の保険に入るのだ。

　欲張りすぎない、というのが亮治の賢いところで、一度も警察に捕まっていない。彼の存在は、幽霊のようだと言われていたものである。

　受け取れる分だけ保険金を受け取ると、二人は姿を消した。宇崎とも、それきり会うことはなかった。

あの時の『優しいお兄ちゃん』が、いまや大会社の専務とは。人の運命はどうなるか分からない。

彼はいつ、詐欺に気づいたのだろう。気づいた時、どう思っただろうか。

子供の頃、亮治の手伝いをするのは一種のゲーム感覚だった。

『騙す』ということにそれほど罪悪感がなく、成功すればわくわくしたし、スリルと興奮を味わった。

でも長じてくるに従って、だんだん意識も変わってきた。

居場所を移るたびに転校しなければならなかったし、本名と偽名を使い分けるのも楽しくなくなってきた。

詐欺が成功しても、つい気になってしまう。支払いをするのは保険会社だが、結果として誰かが責任を取らされたりしないだろうか。

そう考えると、もうわくわくできない。しかし、亮治に『辞める』と言い出すことはできなかった。

詐欺師の収入には浮き沈みがあり、裕福な時もあれば、貧乏な時もある。それでも亮治は赤の他人の里見を養ってくれて、『俺が佑真を大学まで行かせてやるからな』というのが口癖だった。

どうしてもお金が必要な時は、当たり屋のような危ない真似をして、稼いでくれたほどなのだ。

彼の生き方を否定するようなことはしたくなかった。それに亮治には、騙すにあたってある指針があった。

金を盗るのは金持ちから。貧乏人からは盗まない。

年金暮らしの老人を騙すなどというのは論外で、個人よりも儲かっている企業を狙う。むしろ彼のこのこだわりが、死をもたらしたと言えるだろう。

亮治の最後の仕事の相手は、暴力的な取り立てをしていたサラ金業者だった。あくどい連中からたっぷり金をせしめてやる、と意気込んで、偽造株券を担保としてまんまと大金を騙し取った。

しかし、サラ金業者の後ろには暴力団がいて、彼らは騙した相手を見つけるまで諦めなかった。

ある夏の夜、亮治はついに彼らに見つかって、翌朝には遺体で発見された。

その時、里見は高校二年生だった。亮治は偽の身分証明書を所持していたため、里見は遺体を引き取ることができなかった。

身元不明として埋葬された亮治の墓を訪れた時、里見は詐欺師の末路を思った。誰に看取られることもなく、本名で墓にも入れない。

しかし、一人になった里見に残されていたのは、詐欺師としての才能だけである。生きていくためには、その才能を生かすしかない。

里見は亮治に習った偽造技術に磨きをかけた。さらに、うまく外見をごまかす術も習得した。大きく変えるのではなく、あちこちを少しずつ変えるだけで、人が受ける印象はかなり違う。重要なのは、『変装している』と分からないこと。

高校に入ってから背が伸びたので、そうやっていくらか外見を変えて落ち着いた雰囲気を出すと、誰にも十代だと見破られなかった。

それを利用して、里見は偽造小切手や偽造手形を駆使するようになった。彼の偽造証書はその道の連中から賞賛されていたが、よもや未成年の作品だとは誰も思わなかったことだろう。

仕事をしつつも里見は高校を卒業し、しばらく日本各地でまとまった金を稼いだあとは、大学に入った。

常々亮治が大学に行かせてやる、と言っていたのを思い出し、彼の望みを叶えたかったからだ。

勉強というのもある種の要領と記憶力であり、里見は優秀な成績を収めた。

今回、普通に就職したのには目的がある。宇崎に出会ったのは予定外だが、まだ完全に運に見放されたわけではない。

彼が要求してきたのは、『協力』だった。

会社の内部で、横領の疑いがあるという。その犯人を密かに探り出せ、というのが要求の内容だ。

『お前なら、横領の手口にもくわしいはずだ。うまくまわりの人間に取り入り、個人情報を探ることもできるだろう？』

『それなりのプロを雇えばいいじゃないか。どうして俺に？』

『お前にチャンスをやろうと言ってるんだ。断れば、お前の情報がネットに流れる。別に俺はそれでも構わないが』

里見には選択の余地がなかった。

宇崎がプロを雇わない理由は、ほぼ推測できる。表沙汰《おもてざた》になる可能性があるからだ。あの会社は不払い問題を起こしたばかりだから、新たな不祥事は避けたいだろう。

おそらく、社内だけで秘密裏に処理したいに違いない。そのために詐欺師を雇うとは奇想天外な気もするが、ある意味、プロなのは確かである。

毒をもって毒を制す、というところか。

おもしろい。

里見は奇妙に胸が高鳴るのを感じていた。

騙しのテクニックが人の役に立つというのは、不思議な気分だ。それが、宇崎の依頼だということも。

頭に載せられた、大きな手。

『俺がついてる』と言ってくれた優しい声。

今の彼とはまるで雰囲気が違うが、あれは確かに宇崎だった。急にいろいろ思い出されてきて、里見の胸を揺らす。

心のどこかに彼に対する罪悪感があって、その罪滅ぼしをしたいという気持ちがあるのかもしれない。

目的を果たすためにも、今はおとなしく彼に従って、横領犯人を見つけるのが得策だった。

「今日からここに住め」

宇崎にそう言われ、里見はぽかんとした。

ここは、宇崎が住むマンションの部屋である。取引に応じることを告げたあと、有無を言わさず連れてこられたのだ。

「ここに住むって、あんたと一緒にってことか？」

困惑しながら尋ねる。宇崎は平然と頷いた。

「部屋ならある」

「そういう問題じゃなくて…」

里見はますます混乱してしまった。

「なんで同居？」

「仕事はしてもらうが、信用したわけじゃない。社内では当然、お前の行動はチェックする。パソコンの動きも含めてすべてをな。よからぬことを企てないように、社外でも目が届くところにいてもらう」

「つまり、仕事以外の時はここにいろって？」

「そうだ」

「外出禁止の高校生じゃあるまいし。四六時中、見張ってるのは無理だろ」

「こっそり抜け出そうとしても無駄だ」

「監禁でもするつもりかよ？」

「必要とあらば」

里見は頭を抱えそうになった。

「それ、ちょっと横暴じゃないか」

「刑務所じゃないだけありがたいと思え」

どうやら本気のようだ。まあ、彼が里見を信用するはずもないが、やることが大胆である。なんであれ、詐欺師を自宅に住まわせるなんて。

里見は改めて部屋を見まわした。

広いし、立地条件もいいマンションだ。持ち家なのか賃貸なのか分からないが、どちらにしてもけっこう値段は張るだろう。

スペースの広さが実感できるのは、あまり物がないせいもある。

男の一人暮らしとはいえ、簡素すぎる気がした。ただ生活に必要なものを置いている、という感じで、家というより事務所のようだ。

義父の亮治と暮らしている時、部屋はそれなりに飾られていた。親子で撮った写真。幼い里見が描いた絵。旅行先で買った土産など。

それは、家を訪れた人物に『普通の親子』を印象づけるためのものでもあった。普通の家はそうやって飾るものだと教わった。

嘘《うそ》と真実が混在した、思い出の品々。

いざとなればすぐ逃げなければならないので、足がつかないように処分したこともある。それでも、まだいくつかは里見の手元に残されていた。親子として亮治と暮らした日々は真実だったから。

誰にでも過去の思い出があり、捨てられないものはあるだろう。宇崎にはそういうものがないのだろうか。

「あんた、変わってるな」

里見が呟くと、宇崎は口元を引き上げた。

「現金や金目のものはたいしてないぞ。ノートパソコンはパスワードで保護してあるし、重要情報も入れていない」

「取引しただろう。別に何か盗むつもりはないよ」

「どうだかな」

宇崎は肩をすくめ、奥の部屋の扉を開けた。その部屋は来客用の寝室という感じで、ベッドやチェストが置いてある。

「お前の部屋はここだ。必要なものがあったら取ってこい。姿をくらませたら、どうなるか分かってるな」

「あー、分かったよ」

里見は溜息《ためいき》をついた。

「仕事が終わるまで、ここにいればいいんだろ」

「そうだ」

これから住むことになる部屋の中に入ってみる。ざっと見まわし、窓もチェックした。この部屋は六階なので、窓から脱出するのは難しそうだ。

とはいえ眺めはいいし、監禁場所としては悪くない。

「俺はいいけど、あんたはいいのか？」

「何がだ？」

「恋人が訪ねてきた時はどうする？　恋人じゃなくても、いわゆるそういう相手とか」

宇崎は独身だが、女にはもてているはずだ。若くして出世して、金も地位もある。少々愛想がなくても、これだけの男前なら女が寄ってこないはずがない。少なくとも、夜を過ごす相手には困らないだろう。

宇崎は不快そうに眉を寄せた。

「余計なことを聞くな」

「でも一応同居するなら、ルールは必要だろ。そういう時は遅く帰ってくるとか、部屋から出ないとか…」

「この話をする狙いはなんだ?」

「本気で心配してるのに」

里見はリビングに戻った。部屋に女っ気がないから、ここに出入りしている女性はいないのだろう。

ということは恋人はおらず、ホテルで寝るだけの相手がいる程度、というところか。

「あんたの家族にはなんて説明する? ただのルームメイトっていうのは変だし、誰か訪ねてきた時のために話を合わせといたほうがよくないか?」

「家族はいないから必要ない」

「え…」

里見が驚いて振り向くと、宇崎は軽く舌打ちをした。余計な話をしたと思ったのだろう。

「お前には関係のないことだ」

「そうだけど…」

「そっちこそ、父親はどうした? まだ組んで詐欺をしているのか?」

見事な切り返しだった。過去の手口を知っているなら、そう思うのが当然だ。戸籍の上では、まだ亮治は生きていることになっている。いずれいろいろ態勢を整えてから、埋葬し直すつもりだ。

せめて本名で眠れるように。

「もう組んでない」

「何かやばいことでもあったか？」

「死んだんだ」

自分でも驚いたことに、話したのは真実だった。

ずっと偽名や嘘の経歴で生きてきた亮治は、誰とも真剣な人間関係を築かなかった。たまに恋人ができても、長続きしたことはない。相手に真実を話すことはなく、姿を消してしまうから。

ある意味、本当の彼を知っていたのは、里見だけだ。

義父の死を誰にも話せず、共に悲しんでくれる人もいない。心の中ではそれがつらくて、ずっと誰かに話したかったのだろう。

あんな状況で会ったとはいえ、宇崎は亮治を知っている。だからつい、口から出てしまったのだ。

宇崎にしてみれば、彼が死んだところで『自業自得』に違いない。むしろ喜ばれてしまうかも。

何か冷たい言葉を言われると思って身構えていると、彼は顔をしかめた。ふいに手を伸ばし、里見の頭に載せる。

「それは、残念だったな」

静かな声がそう言って、くしゃっと髪を撫でられた。里見が反応する前に手は離れ、宇崎は背を向けた。

「斉藤支店長には俺のほうから話を通しておく。お前はすぐ仕事にかかれるように、準備を整えておけ」

再び冷淡な口調に戻り、そのままバスルームへ行ってしまう。里見は呆然《ぼうぜん》と彼の背中を見送っていた。

『残念』とはどういう意味だろう。捕まえて警察に突き出せないから残念？　でもあれは、慰めているようではなかったか？

頭に載せられた、大きな手。

雰囲気や態度が違っても、なぜかその感触だけは変わっていない。里見は憎まれているはずなのに。

変にどきどきする心臓を持てあます。

あれから何年もたち、すっかり背も伸びたのに、子供に戻ったような気がする。でもあの頃は、こんな風に苦しい気持ちにはならなかった。

どんな状況でも冷静でいるように鍛えられてきたはずが、宇崎の前だとうまくいかない。

彼との同居は、思ったより面倒《めんどう》なことになりそうだった。

2

里見は財務部に送り込まれた。

優秀さを見込まれて引き抜かれた、という触れ込みである。配属に関しては、すでに根まわしされていたようだ。

返事をする前から、里見が取引に応じると踏んでいたのだろう。

宇崎とのつながりがバレないように、人事部長の肝いりという話になっている。おそらく人事部長も宇崎の協力者に違いない。

宇崎はすでに、横領犯人の候補を三人に絞っていた。

財務部長の岩淵《いわぶち》、その補佐をしている阿部《あべ》、財務処理担当の香田《こうだ》。三人とも横領ができる立場にいるが、特定する証拠がないという。

新入りとして財務部の面々に紹介された時、里見は彼らの反応を観察した。臑《すね》に傷を持つ人間は、変化を嫌う。新たに現れた人物には警戒するものだ。

三人の中で、一番反応したのが阿部だった。阿部は三十九歳で独身。眼鏡をかけた、几《き》帳面《ちょうめん》そうな男だ。学生時代から優等生でいたようなタイプ。

だが横領というのは、得てして真面目な人物が陥る犯罪だ。発覚した時は、そんなことをするようには見えなかった、と大抵の人が言う。信用されているからこそ、長い期間、誰にも気づかれないことが多い。

真面目な人間が会社の金に手を出す理由の一つは、恋愛問題である。阿部は四十歳を前にした独身男で、悪い女に引っかかったのかもしれない。

横領の手口はいろいろで、空手形を切ったり、水増しして請求したり、中にはダミー会社を仕立てて取引しているように見せかける本格的なものもある。

里見にはパソコンで社内データを見る権限は与えられていないし、重要な部分には入れない。パソコン上の動きは宇崎に見張られている。

横領した金がどこへ流れているかは宇崎が追っているはずなので、里見は個人的な情報から探ることにした。

金が手に入った人物は、必然的にプライベートな生活が派手になる。彼らはそれなりの給料をもらっているはずだが、『不相応』な部分は分かるものだ。

里見はまず、女性社員たちに取り入った。女性陣はけっこうシビアに上司の男性たちを評価している。ただの噂話《うわさ》でも、真実が含まれていることが多いのだ。

彼女たちの中にうまく溶け込んで聞いた話によると、部長の岩淵は奥さんに頭が上がらないそうだ。一度浮気が発覚してから、完全に尻に敷かれているらしい。

香田の評判は悪くない。雑用を押しつけたり、残業をさせたりしないので、役に立つ男、と言われている。独身なので、恋人にするにはイマイチだが、オムコさんにするにはいいかも、ということだ。

阿部に関しては、さほど情報がなかった。仕事人間で、あまりほかの社員と付き合いもないという。

得にも害にもならないので、女性たちの目も素通りしているのだ。

それぞれに横領の動機はあるといえるだろう。岩淵は奥さんに財布の紐《ひも》を握られているから、遊ぶ金がいる。でも厳しい監視の目を盗んで、どこかで女遊びをしたりするのは大変そうだ。

香田が仕事をまわりに振らないのは、一人で抱え込みたいからだとも考えられる。特に派手な生活はしていないようだが、金の遣い道はいろいろだ。

阿部については、ますます疑惑が深まった。人に注目されず、仕事しかしてこなかったような、地味な人物。

里見に対する妙に頑《かたく》なな態度にしても、明らかに彼は何かを隠している。

ついでとして、里見は宇崎専務についても情報を仕入れた。彼のことに話を振ると、女性陣のトーンがヒートアップしてしまう。

やっぱり彼は、恋人にしたい男と結婚したい男の両部門でトップだそうだ。年齢に関係なく有能な人材を投入するので、若い社員からの評判は高い。

一方で、上の連中からは煙たがられているらしい。『年功序列』に慣れたオジさんたちにすれば、年下の彼に追い抜かれて気分のいいはずがない。

喉元過ぎればなんとやらで、経営危機を脱した今となっては、功労者の彼を邪魔者扱いしているようだ。

ただ、ほかの役員の反対を押し切って、経営立て直しのために若い宇崎を抜擢したのは社長である。うがった見方をすれば、失敗した場合は彼に責任を押しつけるつもりだったのかもしれないが、うまくいったことで社長の株も上がった。

そのおかげで、宇崎はかなり社長に気に入られているそうだ。社長の後ろ盾があれば、不満を持つほかの役員もなかなか追い落とせない。

だから将来も安泰、ということで、女性たちの人気はますます上がっているのだ。

里見は短期間のうちに、社内の勢力図と相関図を把握した。情報は多ければ多いほど役に立つ。

弱みを握られている以上、宇崎についてもっと探って、対抗手段を考えておく必要はある。でも今のところ、やるべきことはほかにあった。

里見は初めのターゲットを阿部に決めた。


「何か分かったか?」

淡々と聞く宇崎に、里見は肩をすくめてみせた。

「まだ始めたばかりだろ」

「言っておくが、あまり時間はない。たいして成果がなければ、別の手を打つ」

「そう急かすなよ。今週末に俺の歓迎会があるから、その時阿部に近づく。私生活を探るチャンスだ」

阿部には何度かアプローチを試みたが、けっこうガードが堅かった。何かきっかけが必要で、アルコールが入るのはいい機会だ。

宇崎は皮肉っぽく唇を歪めた。

「うまく取り入るのはお手のものだからな」

「そのために俺を雇ったんだろ」

里見は思わず溜息をついた。

亮治の話をした時以来、彼の態度は冷淡なままだ。あの時慰めてくれたと思ったのは、やっぱり勘違いだったのかもしれない。

宇崎は看守のようなものであり、囚人の里見に愛想を振りまく必要もないだろう。でも、彼と一緒にいるとどうも調子が狂うのだ。

同居初日、とりあえず必要なものを持って引っ越してきた里見に、宇崎は夕食を作ってくれた。

外食させずに監禁状態にしておくためなのかもしれないが、これがけっこうおいしかった。次の日、目を覚ますと、今度は朝食が用意されていた。

囚人の暮らしにしては快適で、奇妙な同居生活だった。

実際のところ、宇崎が里見を四六時中『見張る』のは無理な話である。出社は別々にするし、帰りは宇崎のほうがずっと遅い。

新人の里見と比べ、専務の彼ははるかに忙しいのだ。

それでも彼は外で食べてこないらしく、家に戻ってから食事を作る。里見もなんとなく、彼が帰るまで夕食を待つようになった。

別に待てと言われたわけではない。里見がもう夕食をすませていれば、彼は黙って自分の分だけを作って一人で食べる。

それを見ていると妙に心苦しくなるので、彼の帰りを待つようになったのだ。里見が待っていれば彼は二人分の食事を作り、一緒に食べた。

今夜も宇崎が帰ってきてから作ってくれた夕飯を食べ始めたが、サラダを口に入れたとたん、うっとうめいた。

「ピーマンが入ってる…」

「それがどうかしたか?」

「苦手なんだよ、ピーマン」

刻んで入っている緑色の物体を、箸《はし》で皿の隅によけ始める。宇崎がそれを見て、呆《あき》れたように眉をしかめた。

「行儀の悪い奴だな」

「仕方ないだろ、苦手なんだから」

ぶつぶつ言いながら、中からピーマンを見つけ出す。どんなに小さく刻んでいても、なぜかピーマンだけは分かるのだ。

しつこく取り分けていると、向かいから溜息が聞こえた。

「ほかに苦手なものはあるか？」

里見はまだサラダを探りながら答えた。

「ニンジンも苦手だけど、甘く味付けしたのは食べられる」

「まるで子供の味覚だな」

「いいだろ、別に」

「これで安心」

ようやく確認が終わり、里見はほっとした。

「…いつもその調子なのか？」

「うん」

ピーマンが料理に入っている場合、中からいちいち取り除かなければならないので、食べるのに時間がかかる。子供の頃からそうしていて、今でも治らない。

大人になってからはレストランでピーマン入りは頼まないし、自分ではもちろん料理に入れない。それでもたまに、こういう事態になる。

「挽肉にピーマンが混ぜてあったりすると、大変なんだ。取り出すのが面倒で」

だったら全部残せばいい気もするが、ほかのものは食べられるのでもったいないように思うのだ。

宇崎がまた溜息をついた。

「ピーマンもニンジンも入れないから安心しろ」

里見は顔を上げ、宇崎の顔をうかがった。ひょっとして、里見の好みを考慮してくれるのだろうか。

「苦手なものを入れないでくれるのか？」

「いちいち残されるのは不愉快だからな」

里見はちょっと感動してしまった。刑務所の食事なら、好き嫌いなど許されないだろう。むしろ、ピーマンづくしの嫌がらせをされてもおかしくはない。

宇崎のこういうところに、調子を狂わされてしまうのだ。

騙したのがバレそうになって怒り出す相手をなだめる方法なら、亮治に教わった。そういう人間は自分が『騙された間抜け』だということに、さらに怒っている。だから相手が望むような嘘を並べて、『悪いのは自分じゃない』と思わせるのが肝要だ。

宇崎は里見が騙したことを知っているから、冷淡な態度は当然だろう。でも、どこかほかの人間とは違う。

もっと怒りをぶつけられてもいいはずなのに。

里見にしても、こうやって誰かと食卓を囲むのは久しぶりのことだった。家で一緒にする食事は、外で食べるものとは別の意味がある。より親密さを感じさせるから。

かつて亮治が誰かを家での食事に誘うのは、目的があった。相手の警戒を解いて信頼させるとか、油断させて情報を探るとか、あるいは気を引きたいとか。

ではこれは、なんなのだろう。

家族の団欒《だんらん》でもなく、刑務所の食事にしては温かい。

食事中に話すのは、その日の経過報告だ。あとは特に話題もなく、もくもくと向かい合って食べるだけ。

それ以外の時間は、それぞれ別のことをして過ごす。監禁するとか言った割には、自由にさせてくれている。一人で住んでいた時とあまり変わらない。

思っていたよりも快適な生活に戸惑ってしまう。でもこの状態は、ある意味でチャンスなのかもしれない。誰かと一緒に食事をしている時には、どんな人間も少しは気がゆるむものだから。

看守と囚人の関係から多少の展開を試みようと、里見は再び口を開いた。

「宇崎さんって、料理するのが好きなのか?」

まずは無難な話題を振ってみる。宇崎は軽く眉を寄せた。

「どういう意味だ」

「毎日、朝食も夕食も作ってくれるし。普通は仕事で疲れて帰ってきたら、料理なんかしたくないもんだろ？」

「外食が好きじゃないだけだ」

「インスタントとかでもいいのに」

「まずいものは食べる気がしない」

里見は肩を落とした。

「うーん、それじゃあ駄目かもな」

「何がだ？」

「たまには俺が夕食を作って、あんたを待ってようかと思ったんだけど。俺のほうが早く帰るし、ヒマだしね。でも俺が作ったものじゃ口に合わないかも」

宇崎は意外そうな顔をした。

「…お前が？」

「これでも家事は得意なほうなんだ。一人暮らしが長いからさ」

ふと思い出す。父親の亮治が病気で入院したと思っている間、やっぱり彼が食事を作ってくれたことを。

仕事のあとに駆けつけてきて夕飯の支度をしてくれて、あの時も一緒に食べた。

亮治は本当の親のように接してくれたが、一方で仕事の相棒でもあり、子供っぽいわがままなどは言えなかった。でも宇崎には、不思議と無条件で甘えさせてくれるような雰囲気があったのだ。

騙していると分かっていても、彼といるのは楽しかった。彼が会いに来てくれるのが嬉しくて、この生活が本当だったらいいのに、と思ったことを覚えている。

別れも告げずに町を離れた時は、すごく寂しかったものだ。

あの頃から彼の料理はおいしかったし、レンジで温めて食べるんだよ、と作り置きまで冷凍していた。今時は男性だって料理をするが、かなり手慣れていたと思う。

家族はいない、と宇崎は言った。彼はいつから一人で暮らしていたのだろうか。

彼の雰囲気は、この十年でずいぶん変わっている。『優しい保険のお兄ちゃん』は、あまり表情のない、理性的で冷淡な重役になった。

あれから彼が歩いてきた道は、平穏なものではなかったのだろう。厳しい競争社会でのし上がるには、ある程度の冷酷さは必要だったに違いない。

それでも時々、昔のイメージが顔を出す。それが里見の心を妙に騒がせる。あの頃を懐かしがっているのは、自分のほうなのかもしれない。

「宇崎専務がこんなに料理がうまいって知ったら、社内の女性たちが大騒ぎだろうな。あんたって、すごく人気があるの知ってるか？」

わざと明るく話題を変えると、宇崎は肩をすくめた。

「くだらない」

「マジに恋人にしたい男と、結婚したい男のダブル受賞だって。おいしい食事を作ってくれる女性でも誰でも選び放題じゃん」

「いいから、黙って食え」

ぴしりと言われ、食事中の会話は終了した。

それでも、会話は確かに成立した。素っ気ないとはいえ、どうでもいいような里見の質問に、彼は返事をしたのだ。なんであれ、無視されるよりはいい。

不思議と心が浮き立っていた。これから先のために、宇崎を懐柔する必要は確かにある。でもこれは、純粋に嬉しいという感覚だ。

彼と仕事以外の話をできたのが嬉しかった。もっと話してくれればいいと思うし、いくらかでも態度を軟化してほしい。

昔のようには無理でも、もう少しだけ。

詐欺師にとって、私情が入るのは危険なことだ。感情は判断を狂わせ、間違った選択をさせる。

でも今は、この気持ちに従ってもいいような気がした。

翌日、里見は会社帰りにスーパーに寄って材料をそろえた。夕食の支度をして、宇崎が帰ってくるのを待つ。

彼はチャイムを鳴らさず、自分で鍵を開けて入ってくる。玄関の鍵がまわる音を聞いて、里見は対面式のキッチンへ飛んでいった。

「おかえり」

肩越しに振り向いて声をかける。

「着替えてこいよ、すぐ用意ができるから」

宇崎は何か言いかけたが、結局は何も言わずにバスルームへ向かう。その間に里見は最後の仕上げをした。

着替えて戻ってきた宇崎は、テーブルの上を見てわずかに固まった。

「俺の得意料理なんだ、オムライス」

自信満々で宣言する。これは亮治に教わった。初めて食べた時のおいしさは、いまだに忘れられない。

宇崎にも味わってもらいたかったのだが、その表情を見てがっかりした。上にケチャップでハートマークを描いたのは、やりすぎだっただろうか。

「あー、やっぱり口に合わないか。俺が勝手に作ったんだし、食べなくてもいいよ」

すごすご皿を下げようとすると、宇崎がそれを取り上げた。

「もらおう」

一言だけ言って皿をテーブルに置き直し、その前に座る。添えてあったスプーンを手に取って、ハートマークを少し崩して一口分をよそう。

それが彼の口の中に消えるのを、里見はじっと見つめていた。

「なんだ?」

急に視線を返されて、どぎまぎしてしまう。

「えーと、その、うまい?」

「ああ」

「そ、そうか」

「お前は食べないのか?」

「食べる」

里見は慌てて向かいの椅子に座り、自分の分に取りかかった。

自分が作ったものを彼が食べたということが、やっぱり妙に嬉しい。懐柔策が成功したからというより、『うまい』と言ってくれたことが嬉しいと思う。

過去の経緯からして、宇崎の信頼を得ることなど無理だろう。彼は騙されたことを忘れないだろうし、里見に好意など持ちようがない。

それでもこの奇妙な同居生活が、里見にとっては心地よかった。

宇崎にはすでに正体がバレているから、ほかの人間の振りをしないですむせいだろうか。

里見は里見としてここにいられて、気を張る必要もない。

学校に通っている間は友人もいたし、普通に付き合った女の子もいる。それでも家族や生い立ちについては嘘をつき、本当のことは話せなかった。

人を信用させる手口はいろいろ習得したが、自分は誰も信じることができない。そういう生活に嫌気がさしてきていたのは事実だ。

今のところ、どうせ里見はここから動けない。それなら、この生活を楽しんでしまってもいいように思う。

昔も今も、どうしてか彼といると楽しいのだから。

用がなくなれば、いずれ追い出されてしまうのだ。それまでの間は、『昔は優しかったお兄ちゃん』と暮らすのも悪くない。

そう思われるのは、宇崎にとって迷惑な話かもしれないが。

もくもくとオムライスを食べる宇崎に目をやった。まずいものは食べたくない、と言っていたから、本当にうまいと思ってくれているのだろうか。

食べている彼を見ているだけで、なぜか胸の奥が温まるような感じがする。

里見が作ったものなど、ゴミ箱行きになる覚悟をしていたのに。とある地方では、出されたものを『食べる』という行為が信頼の印になるともいう。

赤いハートマークを見た時の反応もいろいろ予想していたのだが、思いがけずもちゃんと彼の胃袋に収まった。

明日はカレーライスにしよう、と里見は思った。自分好みの極甘口で。それでも宇崎が食べてくれるかどうか、ちょっと楽しみだった。


金曜日は歓迎会ということで、部内の面々と飲みに行くことになった。

里見はさりげなく阿部の隣に座り、彼の警戒心を解くべく話を合わせた。重要なのは、ちょっとした話題から相手の好みや趣味を探ること。

自分と同じものに興味があると思わせれば、誰でも親しみを感じる。取り入るための常《じょう》套《とう》手段だ。

もちろん、何も知らないのがバレれば逆効果になるので、日頃からいろいろな知識を吸収しておくことが必要である。

どうやら彼は鉄道オタクなところがあり、一人で写真を撮りに行ったりしているらしい。里見は鉄道に関する知識を披露して、話を弾ませるのに成功した。飲み会がお開きになる頃には、酔った振りをして阿部に張りつく。

「ねえ、もっと飲みましょうよ、もう一軒。ビール買ってどっか行ってもいいし」

酔っぱらい独特の口調と足取りで、絡みまくる。うまい具合にほかのメンバーとは離れたので、彼が里見の面倒を見るしかない。

「ねー、阿部さんちってどこ？　写真とか見せてくださいよ」

「仕方ないな、ほら、しっかり」

阿部が里見を抱えてタクシーに乗った時は、心の中でにんまりした。彼は一人暮らしなので、このまま彼の家に転がり込むのが目的だ。部屋を探れば、その人の生活が分かる。不相応な収入があるかどうかも。

手っ取り早く家に忍び込んでもいいのだが、今回は宇崎の手前、『犯罪行為』は自重したのだ。

タクシーの中では寝た振りをして、自分では行き先を言えないようにする。そうすれば、彼は里見を自宅に連れ帰るしかない。

くったりしたままタクシーが停まり、彼が料金を払う音を聞く。車から降り、抱えられて歩き出した時、薄目で場所を確認した。

しばらく、自分の目が信じられなかった。

どうしてこんなところに？

そこはどう見ても、ラブホテルだった。

呆然としたまま、里見は部屋に連れ込まれていた。酔っぱらいを介抱するために、手近な場所に入ったのだろうか。

タクシーでわざわざ乗りつけて？

次の行動を決めかねているうちに、阿部に上着を脱がされる。ネクタイに手がかかったところで、気がついたように目を開けた。

「阿部さん…？　ここは？」

「心配いらない。二人きりだ」

阿部がいやらしげに笑う。

そこでようやく頭がまわり始めた。つまり阿部はゲイであり、自分とそういうことをするつもりなのだろう。

里見に対する妙な態度も、何か隠しているようなのも、このせいだったのか。

分かってみれば彼が独身なのも納得だが、予想外だったので気づかなかった。秘密はてっきり金銭問題だと思い込んでいたから。

里見は曖昧《あいまい》な笑みを浮かべてみせた。

「あの、阿部さん、俺は…」

「君は会社の同僚だし、手を出すのはまずいと思っていたが、バレないようにすればいいことだ。お互い用心すればいい」

「そういうことではなくて…」

「君のことは分かってる。俺に誘いをかけてきただろう?」

「それは…」

考えてみれば、ゲイの男性にとってはそう思える態度だったかもしれない。別の趣味と完璧に誤解されている。

偽造小切手を換金する場合、銀行の窓口は女性が多く、里見もできるだけ年配の女性を狙った。何かあったら母性本能を掻き立てて、うまく言いくるめるのに有利だからだ。

ゲイの男性と接する機会はあまりなかったので、そういう方面には疎いといえる。自分が男の欲望の対象になりうる、という感覚が薄かったのだ。

初めての役ではあるが、ここはうまくごまかして逃げるしかない。

「俺、シャワー浴びてきます…、汗臭いし…」

「そのままでいい。君の臭いも嫌いじゃない」

「でも、ちゃんと綺麗にしてから…」

初々しさを出して、阿部の手をやんわりはずす。バスルームはドアに近い。こういう場合、女性でも急に気後れして帰ってしまうことがある。ゲイの場合にも応用できるはずだ。

恥ずかしそうに彼から離れようとしたところ、強い力でぐいっと引き戻されていた。その勢いでベッドに倒れ込む。

阿部がのしかかってきて、楽しそうに笑った。

「俺を焦《じ》らすつもりか？」

「ち、違います、俺はただ…」

「この部屋は特別仕様でね。いろいろ楽しめるようになってるんだ。君もきっと満足するよ」

里見の手を取って、うやうやしく唇を触れさせる。ここは強気に出るべきかどうか迷っていると、その手が上に持ち上げられ、気づいたら手錠がはめられていた。

「え？」

ぎょっとして首をめぐらす。手錠はベッドのヘッド部分に備え付けになっているらしい。思わず引っ張って手を抜こうとしているうちに、もう片方の手にもはめられてしまった。『いろいろ』というのは、つまりＳＭ仕様ということか。わざわざこのラブホテルに来たのは、この部屋が目当てだったのだろう。

警察に捕まったことはないのに、こんなところで手錠をはめられてしまうとは。里見は精一杯、色っぽい顔をした。

「これ、はずしてください、阿部さん。俺は逃げませんから。俺は、あなたとちゃんと抱き合いたい…」

「いい目だ。ぞくぞくするね」

そう言う阿部の目は、熱を持ってぎらぎらしている。

「こういうのは初めてなのか？　大丈夫、君には素質がある。そのうち、自分からもっと虐《いじ》めてくださいって言うようになるさ」

がたがたとベッドサイドの引き出しを探り、阿部は用意を始めた。出てきたのは、ムチにローソクに、明らかに男根をかたどったような代物。たぶん女性に使うものと思われるが、男にも使うつもりらしい。

里見はげんなりした。よもや阿部にこんな嗜好《しこう》があったとは。

「やめてください、俺にはこういう趣味はありません」

「ここまできて、ごちゃごちゃうるさいぞ」

いきなり頬《ほお》を張り飛ばされて、里見の顔が横を向く。阿部のほうが詐欺師に向いているかもしれない。これが、真面目で地味な男の本性だ。

さっさと股間《こかん》を蹴《け》り飛ばして逃げるべきだった。男の自分がこういう目にあうのは想定外で、判断を誤ってしまった。

女性と違っていざとなれば実力行使で逃げられると思っていたが、この状態は本気でヤバい。里見はおとなしい顔をやめた。

「こんなことが会社にバレたら、まずいことになるぞ」

阿部が動きを止めた。

「俺を脅《おど》してるのか?」

「事実を言ってるまでだ。俺は黙って泣き寝入りするつもりはないし、まわりに知られて困るのはそっちだろう。このまま俺を帰せば忘れてやるから、手錠をはずせ」

阿部は不快そうに眉を寄せ、それからにやっとした。

「それなら、君の淫《みだ》らな姿を何枚も写真に撮ることにしよう。それをばらまかれるのと、どっちがマズイかな」

またしても脅迫されてしまうとは。確か、脅迫も詐欺と同じで犯罪だと思うが、誰もが簡単にやりすぎる。

「馬鹿な真似はよせ。証拠写真になるだけだ。俺は会社を辞めてもかまわないが、あんたは職を失っていいのか？」

「ネットに流せば、どこへ行ってもその趣味の変態たちに狙われるぞ。誰もが俺のように紳士的じゃない」

どこが紳士的なんだ、と思ったが、言っても無駄だろう。脅す材料があるから、やめるつもりはないらしい。

「明日は休みだし、思う存分、虐めてやろう。いくらか血は流れるかもしれないが、それも気持ちいいと分かるはずだ」

血？　いったいどこから流す血だろう。里見の背筋が寒気でぞわっとした。

少なくとも自分には、痛めつけられて喜ぶ趣味はない。どうせなら、普通に殴《なぐ》られたほうがまだマシだ。

「首を絞められたことはあるか？　絞めながらヤるといいらしいぞ」

寒気がひどくなり、全身に鳥肌が立つ。

そういうプレイでうっかり首を絞めすぎて、死んでしまった話はいくらでもある。首絞めプレイで死んだホモ、という週刊誌の見出しが目に浮かぶ。

できれば阿部の首を絞めてやりたい。

「最近の若い奴は、縛るだけで上乗せ料金を請求してくる。ＳＭの高尚さを理解していない。今までは相手を見つけるのに苦労してきたが、君がうちに来てくれてよかったよ。同類なのはすぐ分かったからね」

勘違いにも程がある。里見は皮肉っぽく唇を歪めた。

「何が高尚だ。あんたのはただの変態プレイだろう。そのうち相手が気持ちよくなって虐めてほしくなるなんて、阿呆《あほ》な夢みてんじゃねえよ。エロビデオと違って、現実のあんたはただのＤＶ男で、いくら金を払っても寝たがる相手がいねえんだろ」

「黙れ！」

もう一方の頬をはたかれていた。

こういう男の場合、怯《おび》えたり嫌がったりすると余計に喜ぶ。とはいえ、怒りが余計に暴力を煽《あお》ってしまう場合もある。

「そういう口をきく君はかわいくない。せっかくの夜が台無しだ」

ぶつぶつ言いながら、阿部は再び引き出しから布きれを取り出し、里見に猿ぐつわをしてしまった。

これで、言葉での抵抗も封じられてしまう。

「悲鳴が聞けないのは残念だが、仕方ない」

不穏な言葉を言ってから、阿部がのしかかってきた。彼の体重で押さえられ、足も動かせない。

生温かい息が触れ、彼の唇が首筋に落ちた。

気持ちが悪かった。思い違いをしたせいでこの事態を招いたのは自分だが、『犬に噛《か》まれた』という程度ですむ気がしない。

実際のところ、いきなり首の付け根に歯を立てられて、里見の背が跳ねた。容赦《ようしゃ》のない噛み方である。肉を噛みちぎられたかと思ったほどだ。

「痛いか？　気持ちいいか？」

里見が反論できないのをいいことに、勝手に自分で結論づける。

「けっこう感じてるんじゃないか」

はだけたシャツの中に手を入れられ、撫《な》でまわされる。強く乳首をひねられると、またびくっとしてしまった。

「ほら、硬くなってきたぞ」

それは鳥肌だ、と言ってやりたいが、首を振るしかできない。今度は思い切り乳首に爪《つめ》をたてられ、痛みが背筋を駆け抜けた。

「ここにピアスをつけるのもいいな」

ぎりぎり力を入れながら、嬉しそうに言う。

「綺麗《きれい》な肌だ。ムチの痕《あと》も似合うだろう」

ようやく手が乳首から離れ、里見はほっと息をついた。再び撫でまわし始めた手が、布地の上から下腹部に触れる。

「ふん、本当に萎《な》えてるな」

当たり前だろう、と里見は思った。こんなことで反応するわけがない。

「なあに、後ろに突っ込めば嫌でも勃《た》つさ」

ひょっとして、引き出しから出したアレを突っ込むつもりだろうか。この調子では、なんの準備もしないで無理やり入れられるかもしれない。

ぞっとした。

いくらなんでも、それは怖い。

ムチ打ちの痛みのほうが想像できる分だけ、まだ耐えられる。後ろを犯されるのは、未知の恐怖だった。

「どうした？　ますます縮んだぞ」

肌を撫でまわしていた手がズボンのチャックを引き下ろし、中に入り込む。まさぐられて、吐き気がこみあげた。

身体は正直なもので、そこを弄られても少しも気持ちいいと感じない。

するといらだったかのように、ぎゅっと急所を握られた。里見は喉の奥でうめき、手首の手錠ががちゃがちゃ鳴った。

「どんな男も、ここを責められると根をあげる。後ろも前も、俺が開発してやろう」

「ぐっ…」

脂汗《あぶらあせ》が吹き出し、生理的な涙が目尻《めじり》に溜《た》まる。

握りつぶされるかと思った時、ドアにノックの音がした。

「申しわけありません、お客様」

阿部は舌打ちし、里見から手を放してドアのほうに怒鳴《どな》った。

「なんだ！」

「実は警察の方がお見えです」

「警察？」

阿部はがばりと起き上がり、ドアのほうへ向かった。

「なんで警察が……！」

「この近くで強盗事件がありまして、犯人がこのホテルに逃げ込んだらしいんです」

「俺たちは関係ない」

「顔を確認するだけでいいそうですので」

「ちっ」

阿部は服を整え、ドアの鍵を開けた。

「俺の顔を確認するだけでいいだろう。連れはずっと一緒だったから……」

彼の言葉が終わらないうちに、ドアが大きく引き開けられた。いきなりのことに、阿部がバランスを崩してよろめく。

戸口を塞《ふさ》ぐ阿部を押しのけて踏み込んできたのは、宇崎だった。

部屋に入ってくるや、ベッドに手錠でつながれている里見を見る。呆然と見返していると、彼がゆっくり口元を引き上げた。

「いい趣味をしてるな、阿部」

阿部は真っ青になった。

「う、宇崎専務、どうしてあなたが…」

「お互いに、この場所で会ったことは忘れるとしよう。そのほうが君のためだと思うが、どうだ?」

「は、はい、それはもう…」

「では、早く帰れ。お楽しみもほどほどにするといい」

阿部は引きつったように頷き、ばたばたと荷物をまとめて出ていった。

急に訪れた静寂の中で、里見は自分の心臓の音を聞いた。さっきまでの恐怖の余韻《よいん》で、まだ身体が震えている。

宇崎が近づいてきて、里見の猿ぐつわをはずしてくれた。

「いい格好だな」

「う、うるさい」

「手錠の鍵はどこだ?」

「知るもんか」

助けてもらったのは分かっているが、この状態では素直な言葉など出てこない。宇崎は溜息をつき、例の引き出しを探って鍵を見つけ出した。

手錠がはずれ、手が自由になる。里見は赤くなった痕をさすった。

「どうしてここが…」

「俺が何も手を打っていないと思ったか？　お前の居場所は、携帯のGPSで追えるようになっている」

「ああ…」

四六時中見張ってはいられないから、当然といえば当然の処置だ。里見の知らないうちに、携帯電話を設定されていたのだろう。

だから同居する以外は自由にさせておいたのだ。

「阿部の家に行くはずが、お前はここから動かない。事態はだいたい想像できたから、中の様子を確認することにした」

はだけた里見の胸元を見て、唇を歪める。

「お楽しみの邪魔をしたか？」

「そんなわけないだろ！」

揶揄《やゆ》するような口調にむっとしつつも、様子を見に来てくれて本当によかったと思う。

声色を遣ってドアを開けさせた手法はなかなかだ。

「もうここに用はないな」

さっさと踵《きびす》を返そうとする宇崎の服を、里見は思わずつかんでいた。

「ちょっとタンマ…」

気が抜けたせいか、身体に力が入らなかった。でもここに置いていかれたくないので、つかんだ彼の服を離せない。

その手が震えていることに気づいたのか、宇崎が顔をしかめた。

「お前、本気で怖かったのか？」

「悪いかよ」

「その容姿なら、男相手の美人局《つつもたせ》くらいしてるかと思ったが」

「馬鹿言うな！」

「商売柄、色仕掛けも使うんだろう。その気になった相手に迫られるのは、慣れてるんじゃないのか？」

「慣れてるわけないだろ、こんなの…！」

動揺しすぎていて、感情を抑えられなかった。詐欺師にあるまじきことだが、どうせ彼にはバレている。

いまさら取り繕っても仕方ないだろう。

宇崎の前では、仮面をかぶる必要がない。それが里見の心をゆるめてしまう。

結局は何もなかったのだから、これくらい笑い話として流せるはずだ。でもどうしてか、身体の震えを止められない。

ほかの人間の振りをしていないと、こんなに自分は弱いのだろうか。まるで子供みたいに、服の裾をつかんでいるなんて。

とりあえず服は放そうと思い、こわばった指をなんとかほどき始める。するとふいに宇崎が腕をまわし、里見を抱きしめた。

「分かったから、落ち着け」

温かい腕に包まれて、里見は呆然とした。

またた。

彼はなぜ、こういうことをするのだろう。まるで自分の体温で、里見を慰めようとしてるみたいだ。

こんな風に触れられると、どうしていいか分からなくなる。宇崎はもう里見の正体を知っているのに。

『大丈夫だ、俺がついてる』

もしあれが詐欺ではなく、里見が本当に佐藤健太だったら、彼はずっと傍《そば》にいてくれたのだろうか。

亮治が死んだ時も、慰めてくれた？　この温かい腕で。

くだらない想像だと思う。それでも、考えると胸がきりきりする。あのまま彼と家族みたいに過ごせる人生を送っていたら、けっこう幸せだったかもしれない。

たくましい身体にぎゅっとしがみついてみた。

今だけだ。彼の真意がどうであれ、あの頃に戻って少しだけ甘えてみたい。信じてもらっていた時のように、彼と触れ合っていたい。だってこんなことは、もう二度とないかもしれないから。

里見はじっとその温かさに浸っていたが、しばらくすると宇崎が腕をゆるめた。

「落ち着いたか?」

「うん…」

震えは止まっていた。代わりに、心臓が変なふうに鳴っている。里見は渋々と腕をほどいた。

「動けるようなら帰るぞ」

すでに宇崎の口調は元に戻っていて、思い出に浸る時間の終わりを告げていた。里見のほうも、いつもの自分に戻る頃合いだ。

ベッドを下りてチャックを閉め、シャツのボタンを留める。宇崎は里見が身支度をするのを待っていてくれた。

部屋を出る前に、咳払《せきばら》いをして声を整えた。

「とりあえず報告しておくと、性癖に難はあっても、阿部は横領犯じゃなさそうだ」

「…どうしてそう思う？」

「縛りを入れると、割増料金を取られるってぼやいてた。金まわりがよければ、そんなこといちいち気にしないだろ」

「一応、仕事はしたわけか」

「あとの二人は、もう少し用心して探るよ」

宇崎は肩をすくめただけだった。

感情を見せない彼の顔を、ちらりと盗み見る。さっきは、どんな顔をしていたのだろう。

まるでもう、夢だったように思える。ラブホテルのＳＭ仕様のベッドの上で、彼に抱きつかれていたから見られなかった。

抱きついていたから見られなかった。


しめられていたなんて。

そうだ。だいたい彼は、どうして部屋に踏み込んできたのだろう。ラブホテルにいるのが分かっても、『色仕掛け』で阿部を探っていたのかもしれないではないか。

里見は身体を売りにはしないし、結婚詐欺のような騙し方をしたこともない。ただ、自分の容姿を利用することはある。それがある種の男性にも利くというのは、今回のことで初めて知った。

でも宇崎は、里見が色仕掛けぐらい平気ですると思っている。それなのになぜ、助けに来てくれたのだろう。

あの状況を阿部が人に話すとは思えないが、里見とのつながりがまわりにバレる危険があるのに。

不思議な気持ちでちらちら顔を見ていると、宇崎が眉を寄せて振り向いた。

「なんだ？」

「あ、いや、一緒にラブホテルから出たら、俺たちがゲイで密会したみたいに見えるかも。少し時間をずらそうか？」

「そんな心配は無用だ。さっさと来い」

里見の気遣いを一蹴《いっしゅう》し、宇崎は出口に向かう。里見は慌《あわ》てて追いかけた。

身体の震えは止まっても、心臓のおかしな鼓動はまだ続いている。ラブホテルから出ても、それはなかなか収まらなかった。

3

次のターゲットは、香田に決めた。彼なら同僚として近づきやすい。

阿部は普段と変わらず出勤していたが、里見とは目を合わせないようにしている。沈黙してくれていれば害はないので、里見も何もなかったように振る舞った。

今回はおかしな誤解を生まないように、香田には慎重に近づいた。

でも見たところ、彼は明らかに女性好きだった。総務部にいる女性社員とホテルに入るのを目撃したし、健全な独身生活を楽しんでいるようだ。

特に派手な暮らしはしていないが、財布の中に馬券があるのを盗み見て、競馬の話を振ってみたところ、かなりの食いつきがあった。

休日には一緒に競馬場へ行き、大いに盛り上がった。その言動からして、かなり入れ込んでいる。

さらに競輪や競艇もやっているらしく、いわゆるギャンブル依存の傾向が顕著だ。

真面目な人間が会社の金に手をつける理由。恋愛問題に並んで、借金などの金銭的な理由がある。

ギャンブル好きは大きな要素だ。

それを夕食の席で宇崎に報告したところ、彼は不快そうに眉をひそめた。

「ギャンブルか…」

「会社では見せないけど、競馬場では目の色が違う」

「横領するほどだと?」

「ああいうのは中毒だから、善悪の観念が消えるんだ。大穴を当てて儲けた金から返せばいい、とか思っているうちに、深みにはまる」

「よく知ってるな」

「熱中するとヤバいタイプって、けっこういるもんだろ」

競馬場を根城にする詐欺師には、予想屋がいる。違う予想を別々の人に配り、当たった人に次の予想を高く売りつけるのだ。こんな簡単な手法で、驚くほど引っかかる人が多い。欲に目がくらんでいる人間は、詐欺師のお得意様だ。

宇崎は何か考え込むように唇を歪めた。

「競馬好き、という以外に証拠はあるのか?」

「知り合いのノミ屋に当たってみた。香田はけっこう有名だったよ。以前は借金がかさんでかなりマズかったけど、半年くらい前から金回りがよくなったって。急に馬券が当たり出したとは思えないな」

「ノミ屋の知り合いか」

意味ありげに言われて、少し焦《あせ》る。

「情報は信用できるよ。そりゃ、警察で証言はできないけど」

「そいつも詐欺仲間か？」

「今はそんなこと関係ないだろ」

変なところでやぶ蛇になってしまった。彼は亮治の知り合いで、もちろん仕事関係である。正規のルートでは入らない情報だ。

「とにかく、香田にギャンブルで問題があるのは確かだからな。あとは横領の手口が分かれば…」

「それはこちらでも調べている」

淡々と返されて、里見は少々がっかりした。横領犯人につながる情報だから、もっと喜んでくれるかと思ったのに。

褒めてほしい、とは言わないが、もうちょっと別のリアクションを期待していた。

今日の夕食は、スパゲッティである。昔懐かしい感じのナポリタンだ。宇崎にいい報告ができるのが嬉しくて、自分へのご褒美として作ってみた。

宇崎からの褒美はないらしいので、せめてこれくらいは用意しておいてよかったと思う。自分で自分に祝杯をあげるのは得意だから。

「あのさ、宇崎さん」

「なんだ?」

「このスパゲッティ、俺の好物なんだけど」

「そうか」

「うまい?」

「…ああ」

微妙な顔で返事をして、もくもくとオレンジ色のパスタを食べている。はっきりいって、彼とナポリタンという組み合わせは、ものすごく似合わない。

パスタと同じ色になる彼の口元を見ているうちに、なんとなく機嫌がよくなった。ひょっとすると、文句も言わずに食べてくれることがご褒美なのかもしれない。

ラブホテルでの一件があってからも、宇崎の態度は相変わらず冷淡で、余計な会話はほとんどしない。それでもやっぱり、一緒にいるのが楽しかった。

正体を隠さなくていいから楽、というだけではないと思う。ちょっとした仕草とか、ふとした拍子に表れる表情とかに気づくのが楽しい。

里見が作ったものを食べている姿を見るのも楽しい。

彼の無愛想な顔さえ見ていて楽しいのだ。

我ながらおかしな話だった。

夕食後の宇崎は大抵、ニュースを見たり、夕刊を読んだりしている。そのため、食事後の後片付けは里見が引き受けることにしていた。キッチンにいる間は、カウンター越しに彼を見ていられるから。

自室に入ってしまうとそれきりなので、一緒にいられる貴重な時間である。

空になった皿を洗っていると、呼び鈴が鳴った。里見が越してきてから、ここに客が来るのは初めてだ。

宇崎が応対に出て、しばらくすると初老の男性と一緒に戻ってきた。

「いい暮らしをしているようだな」

男はじろじろと部屋を眺めまわし、里見に目を止めた。ちょっとぎくっとしてしまう。

打ち合わせていないので、役どころが分からない。

そこで、無難な会釈《えしゃく》をするに留《とど》めた。

「こいつは誰だ?」

「叔父《おじ》さんには関係ないことです」

答える宇崎の声は、いつにも増して冷たい。

家族はいないと言っていたから、親戚の叔父さんということだろうか。こんな時間に訪ねてくるのだから親しそうに思えるが、宇崎の表情は氷のようだった。

「なんのご用です？」

「仕事が忙しいとか言って、お前がうちに来ないからだろう。育ててやった恩も忘れて、薄情な奴だ」

「過去の養育費なら、もう十分なものをお返ししたはずですが」

「そういうことじゃない！　だいたいお前は俺が紹介してやったところを勝手に辞めて、俺の顔をつぶしやがって。余計なお荷物を押しつけられた俺たち夫婦が、どれだけ迷惑をこうむったか分かってるのか」

里見は困った。自分がこの場にいるのはマズい気がする。

それでも、急にここから自分の部屋へ逃げ込んだりしたら、余計に目立つ。手元の皿に集中する振りをして、なるべく気配を殺しているしかない。

宇崎は特に口調を変えることもなく、平然と返事をした。

「文句を言うために、わざわざこちらへ？」

「生意気を言うな！　少しは俺に恩を返したらどうだ」

「つまり、また金ですか？」

低い溜息が漏れる。

「そんなにお困りなら、叔母《おば》さんのほうにお渡ししますよ。あなたに渡せば、どうせギャンブルで消えることになるでしょうから」

「貴様…！」

激高した口調に顔を上げると、男が拳を振り上げたところだった。宇崎は繰り出されたパンチを軽くかわし、その腕をつかんだ。

「俺がもう子供じゃないってことをお忘れですか？」

「こ、この…」

「用がすんだなら、お帰りください。出口はそちらです」

つかんだ腕をねじ上げるようにして、玄関まで押し戻す。ドアのほうへ突き飛ばされた男が、怒りに満ちた目を向けた。

「ずいぶんと偉そうじゃないか、薄汚いホモ野郎のくせに」

憎々しげに吐き出し、里見に太い指を突きつけた。

「あんな若い男を連れ込んで、この恥知らずが！　専務だかなんだか知らんが、聞いて呆れる」

「これ以上騒ぐと、警察を呼びますよ」

「すました顔をしていられるのも今のうちだぞ、この変態め！」

宇崎の叔父はわめき、荒々しく部屋から出ていった。

力任せにドアが閉められたあと、急にまわりが静かになる。里見はどうしていいか分からず、再び皿洗いに戻った。

家族がいない宇崎。育ててもらった恩。彼はたぶん、あの叔父に育てられたのだ。あんな、すぐ拳を振り上げるような男に。

立場としては里見も同じかもしれないが、亮治とはぜんぜん違う。殴られたことなど一度もないし、基本的に里見は幸せだった。

彼が送った子供時代を思うと、胸が締めつけられる。彼は今、どんな気持ちでいるのだろう。

顔を見る勇気がなくて、もう汚れてもいない皿を洗い続けていると、宇崎がキッチンに入ってきた。

棚からロック用のグラスを取り、冷凍庫から氷を出してグラスに入れる。それにウイスキーを注ぎ入れ、ぐいっと飲んだ。

口元をぬぐって一つ息をついてから、口を開く。

「騒がせて悪かったな」

「いや、俺は、別に…」

ぼそぼそ返事をする里見に、皮肉っぽく笑う。

「叔父が言ったことは本当だ」

「え?」

「俺がホモ野郎だと言っていただろう」

「あ…」

「気持ちが悪いなら、出ていってかまわない。もう情報はもらったからな」

つまり、宇崎がゲイだから、里見が気持ち悪がると思っている? 一緒にいたくないだろうから、出ていけと?

彼がやけ酒みたいにウイスキーを飲んでいるのは、初めてだった。いつも平然として、里見に感情を見せたりしないのに。

あの叔父という男に対して、むらむらと怒りがこみあげる。

彼があんな風に罵《ののし》られていいはずがない。

絶対、許せない。

よく考える余裕もなく、里見は宇崎の胸に抱きついていた。肩口に顔を押しつけ、ぎゅっとしがみつく。

グラスを片手に持ったまま、宇崎は動きを止めた。

「何をしている?」

「あんただって、ラブホテルでしただろ」

「あれはお前が…」

「俺が?」

宇崎はふうっと息を吐き、横のカウンターにグラスを置いた。

「いいから、もう離れろ」

「嫌だ」

「ゲイの男に抱きついて、身の危険を感じないのか」

「別にいい」

「何がいいんだ。怯えて震えてたくせに」

「あれは、SM野郎の阿部だったからだ。あんたとはぜんぜん違う」

「俺ならいいとでも?」

「分からないけど、離れるのは嫌だ」

引きはがされないように、しがみつく腕に力をこめる。宇崎は溜息をつき、軽く里見の背を撫でた。

「お前、手が濡《ぬ》れてるぞ」

「皿を洗ってたから」

「俺のシャツで拭《ふ》くな」

「やだ」

しつこさに根負けしたのか、宇崎が里見の肩を抱えてキッチンから移動した。胸に抱きつかせたまま、ソファに座る。

里見は彼の膝《ひざ》に乗った格好で、彼にくっついていた。

「いつまでこうしてるつもりだ?」

そんなことを聞かれても、里見にだって分からない。何か胸がぎゅっとした感じになって、気がついたら彼に抱きついていたのだ。

抱きついてしまったら、離れられなくなった。

返事をしない里見に諦めたらしく、宇崎がまた背中を撫でてくれる。その感触に、里見の心が震えた。

どうしようもない感情がわき上がる。

彼に優しくされれば嬉しいし、彼にも優しくしたい。

もし傷ついているなら、なんとかして慰めたい。

彼がそうしてくれたように。

「あのさ…」

黙っているとおかしな気分になるので、里見は口を開いた。

「亮治は、あの時は佐藤昭則《あきのり》って名乗ってたけど、彼は俺の実の父親じゃない。五歳で母親に捨てられた俺を引き取って、育ててくれたんだ」

彼の胸に向かって打ち明ける。なんだか急に、亮治のことを知ってほしくなったのだ。

それから、自分のことも。

「確かに亮治は詐欺師だったよ。でも悪い人間じゃなかったんだ。貧乏な人からは盗まないし、俺の面倒もちゃんとみてくれた」

騙された経験のある宇崎にしてみれば、馬鹿な話かもしれない。それでも彼には話したかった。

「最後の仕事の時も、近所でお弁当屋さんをやってる夫婦が悪質なサラ金業者に引っかかって、ひどい取り立てをされてたんだ。まだ六歳の男の子が突き飛ばされるのを見たら、亮治がすっかり腹をたてちゃって。俺は危ないって言ったのに、サラ金業者から大金を騙し取った。その金を遣ってうまく弁当屋さんの借金を返したところまではよかったんだけど、騙した相手が悪かった」

「…バックに暴力団でもいたか？」

「うん。状況がヤバいから、亮治は一人で姿を消した。でも見つかって…」

亮治は偽名のまま死んだ。それは、里見を守るためだったのだと思う。だから里見も、息子だと名乗り出ることはしなかった。

あのサラ金業者は、今はもうない。匿名のタレこみで警察の手が入り、トップが逮捕されたから。

最後まで言わなくても、亮治に何があったか悟ったのだろう。宇崎の両手が背中にまわされ、ぎゅっと抱きしめられる。

心臓がどくんと鳴った。

彼の温かさが、全身から伝わってくる。

本当は、宇崎がこうしてくれると思ったから話したのかもしれない。慰めようとしていたのは自分なのに。

「俺たちが詐欺師だってこと、いつ気がついた…？」

ふと口から出た質問に、宇崎の身体がこわばる。こんな話題を持ち出したことを後悔したが、すぐに彼は力を抜いた。

「初めは、気づかなかった。急に保険を解約して引っ越したから、何かあったのかと思っただけだ。例の医者が逮捕された時に、ようやく分かった」

例の医者。詐欺の片棒を担いでいた医者だ。彼は医療費の不正請求が発覚して捕まった。確か、あれから一年後くらいのことである。ほかのことがバレる前に亮治はさっさと逃げ出し、あの医者とのつながりを切った。

少し上向いて、宇崎の顔を見る。

「まさか、俺たちの件が原因で会社をクビになったとか…」

「いや」

彼の口元がかすかに引き上がった。

「あの会社は叔父が持ち込んできた就職先で、義理で仕方なく入ったようなものだ。外資系の会社から仕事の話があった時に、転職を決めた」

そういえば、彼は以前、外資系の保険会社にいて、そこでの実績を買われて今の会社に引き抜かれたという話を聞いた。

自分たちのせいで彼が『ひどい目』にあってなかったことに、ちょっとほっとする。もともとかなり優秀だったのだろう。

「もう一つ、聞いてもいい？」

「何を？」

「あの叔父さんのところには、いつから……？」

宇崎は軽く肩をすくめた。

「両親が交通事故で死んだのが七歳の時だ。そのあと、母の妹夫婦の家に引き取られた」

「殴られたりとか、した……？」

「それほど深刻な虐待を受けたというわけじゃない。機嫌の悪い時に、八つ当たりをされていただけだ。ひどくなったのは叔父がギャンブルにはまり始めてからだが、その頃には俺も抵抗できるようになったたし、大学の奨学金をもらって家を出たからな」

香田の話をした時、彼が浮かべた表情を思い出す。彼は間近で『熱中するとヤバいタイプ』を見ていたのだろう。

里見よりつらい境遇にいながら、彼は優しかった。ただ保険に入っただけの客の子供を、本気で心配してくれるほど。

それは何があっても変わらない、彼の本質だ。

「いまさらだけど、ごめん」

「何が？」

「本当に、いまさらだな」

「昔、騙したこと」

喉の奥で宇崎が笑う。

何かたまらない気持ちになって、里見は顔を上げた。彼にはもっと笑ってほしい。きっとすごく笑顔が似合うのに。

ほとんど感情を表さない彼の顔を見つめ、気がついたら唇を重ねていた。

「あっ…」

キスしてしまってから、我に返って顔を引く。自分がやったことに驚いて、呆然とした。

信じられない。何をやっているのだろう。

「これは、そのっ…」

「お前…」

「ご、ごめん、今のなしっ！」

「詫《わ》びのつもりか？」

「違う！　そういうんじゃなくて、なんか変な気分になって…」

顔が熱くなってしまう。変な気分ってなんだ、と自分で突っ込みを入れたくなる。密着しているこの状態がマズいのだ。

慌てて彼から離れようとしたが、宇崎の腕に阻止されて動けなかった。

「ゲイの男にこういうことをすると、危険だと分からないのか?」

「ゲイにだって好みがあるじゃないか。俺はこんなだし…」

「こんなって?」

「い、色っぽくもなんともないだろ」

「そうでもない。手錠につながれていたお前はなかなかだ」

「冗談言わないでくれ」

里見は腕を突っ張って、宇崎との間を広げた。

「あんたって、ほんとにゲイ?」

阿部のこともだが、里見にはその方面を見分ける能力が欠落しているらしい。いま一つ実感がわかなくて、つい確認してしまう。

宇崎は唇を歪めた。

「そうだ」

「カ、カミングアウトしてるんだ?」

「どこかの女と結婚しろとうるさく言ってくるから、叔父にはゲイだと話した。その時は変態と罵られて、二度と家に足を踏み入れるなと言われたが、俺が専務になったとたん、金をせびりに来るようになったな」

彼の叔父に対する怒りが戻ってきて、突っ張っていた腕がゆるんだ。あの人に宇崎を罵る資格なんかないのに。

「あんな奴の言葉なんか、気にすることない」

「お前はどうだ？」

「え？」

「俺がゲイだと、お前は気にするか？」

「俺は別に…」

「こうされても？」

彼の顔が近づいてきて、再び唇が重なった。

いろいろと予想外のことが起きたが、これは最大級の予想外だと思う。全身が痺《しび》れたようになって、動けない。

彼の唇はやわらかいのに、押しつけられる力は強かった。ウイスキーと、何か不思議な味がする。里見の頭をくらくらさせてしまうような。

唇が離れた時はパニックで、うまく言葉が出てこなかった。

「な、な、なん…」

「先に抱きついてキスしてきたのはお前だぞ」

「そ、そうだけど…」

「嫌か?」

彼の質問が頭をめぐる。嫌かって? 男とキスするなんて、今まで考えたこともない。では嫌だったかというと、そうでもなかった気がする。

答えられないでいるうちに、宇崎がキスに戻った。

ゆったりと温かい、でも骨までとろけてしまうようなキス。里見の意識がぼうっとなってしまった。

どうしよう。本当に嫌じゃない。

「んっ…」

力が抜けてきて、宇崎の身体にくったりともたれた。支えを求めて両方の腕を上げ、彼の首にまきつける。

キスが激しく深くなると、きつくしがみついた。

彼の硬い身体の感触や、肌の匂いが里見の理性をくらませる。いつのまにか彼の舌を追いかけ、自分からキスをせがんでいた。

夢中になっているとふいに唇が離れ、宇崎が口元で笑った。

「嫌じゃないようだな」

「う…」

「これは？」

するすると彼の手がシャツの中に入り込み、素肌に触れる。里見はびくっと反応した。阿部の時とはまるで違う。

あの時は寒気がしたが、彼の手は熱い。

触れたところから、その熱が電流のように神経を伝わっていく。下腹部のほうにも。

「あっ…」

「怖いか？」

耳元にささやかれて、ぶるっとする。この震えは、恐怖とは違う感じだ。

「俺には痛めつけて喜ぶ趣味はないから、安心しろ」

安心？　本当に安心していいのだろうか。痛めつけられる恐怖はないが、別の不安が頭の隅をよぎる。

このまま宇崎と抱き合うようなことをしたら、後悔することになるかもしれない。里見だけではなく、彼のほうも。

もっと考えることがあるはずなのに、頭に霧がかかったようで集中できなかった。何より、この場所が心地良すぎて動けない。

彼のキスも身体も、まるで麻薬みたいだ。

一度触れてしまったら、手放せなくなってしまう。

ゆるゆると肌を撫でまわしていた手が、乳首に触れた。かすめるようになぞられ、軽く摘まれる。

爪を立てられた時を思い出し、思わず身構えた。でも痛みはなく、擦り上げられると硬くなったのが分かる。

これは、鳥肌ではないだろう。阿部の時とは違い、疼くような感覚で、もっと触れてほしくなる。さらに押しつぶされたり、指先で転がされたりしているうちに、その刺激がじわじわと全身に広がっていった。

「あ…っ」

「痛いか?」

「いたく、ないけどっ…」

「お前のここは敏感だな」

顔がかあっと赤くなる。男のそこが敏感でどうするというのだ。特に役に立つものでもないのに。

心の中で自問自答していると、ようやく手がそこを離れた。ほっとしたのもつかの間で、今度は下のほうを触られてしまう。

どきっとした。もう、反応している。キスして、ちょっと触られただけなのに。身体は正直だ。相手が宇崎だというだけで、こんな風になるなんて。

するりと下着の中に手が滑り込み、やんわりと握られた。びくびくと震える身体をなだめるように、またキスされる。

キスと愛撫に酔わされているうちに、どうしようもなくなってきてしまった。

「手、離して…」

「なぜだ?」

「もう、ヤバい…」

「別にいいだろう。イけよ」

「あっ…!」

強めに扱《しご》き上げられたとたん、里見は達していた。

「いい反応だ。これなら、阿部がその気になったのも無理はない」

「ば、馬鹿言うな」

「本当に男は初めてか? 十分、素質があるぞ」

「素質って…」

二人の男から『素質がある』と言われるのはどうなのだろう。

「感じやすいのは悪いことじゃない」

里見は呆然としてしまった。感じやすい？　今まで付き合った女性たちにそんなことを言われたことはないし、そう思ったこともない。

いつもは女性たちを感じさせようとしているから、分からなかっただけか？　そもそも、自分が女役をやるというのは想定外で…。

頭の中がぐるぐるしているのに、宇崎がまたキスをしてきた。そのせいで考えることができなくなる。気持ちいいのはどうしようもない。

彼とキスしていると、細かいことはどうでもいいような気になってしまう。

「ん…」

達した余韻でぼんやり身をゆだねている間に、服を脱がされていた。ズボンと一緒に下着を下ろされて、自分が素裸なのに気づく。

むきだしになった部分に手が伸びてきて、今度は前ではなく後ろに触れられた。その衝撃にはっとして、里見の身体が跳ねた。

「そ、そこは、あの…」

「ここを使うことは知ってるだろう」

「で、でも、さすがに無理だと…」

「いきなり突っ込んだりはしないから安心しろ」

「そういう問題じゃ…、あっ…」

文句は途中で途切れてしまった。

二本の指が滑り込んできて、あらゆる神経が大混乱を起こす。知識はあったが、実践となると話は別だ。

「んっ、く…」

「少し我慢しろ。ほぐさないとつらいぞ」

「やっぱ、やめっ」

「怖がらずに力を抜け」

「む、無理…」

「やり方を覚えておけば、余計な傷をつけずにすむ。今度、阿部みたいな奴に捕まった時は思い出せ」

「え…」

つまりこれは、レクチャーということなのだろうか。男同士のやり方を教えてくれている？　次の時は怯えなくていいように。

「あ…、やっ」

　里見は首を振り、彼の腕から逃れようとした。でも、身体の中心を串刺しにされたような状態では、うまく動けない。

　もがく里見にかまわず、宇崎は指を動かした。何度も出し入れされ、中をえぐられる。内側を擦り上げられる感覚は強烈で、抵抗力を奪われていく。

　指が増やされる頃には、もう何がなんだか分からなくなっていた。

「んっ、ああっ、宇崎さ…」

「こういう時は名前を呼ぶものだ」

「な、名前…？」

「そのほうが盛り上がる」

「あ、あっ」

「呼んでみろ、佑真」

　彼が呼んだ自分の名が、ずしりと胸に響く。里見は熱に浮かされたように口を開いた。

「あ、た、貴史…」

「そうだ」

「貴史っ…」

悲鳴のような声で呼んだ時、指が引き抜かれた。宇崎は里見を抱え直して膝にまたがらせ、自分の上に導いた。

里見は喘《あえ》ぎ、彼の肩をきつくつかむ。

腰をつかむ宇崎の手に従って、じわじわと貫かれていった。

「ああっ…」

奥まで彼を受け入れて、里見は震えた。身体が自分のものではなくなったようだ。押し広げられ、つなぎ止められ、彼でいっぱいになっている。

「は、ああ、貴史…」

「佑真、つらいか?」

言葉が出ずに、ふるふると首を振る。感じているのは痛みではなく、別のものだ。今まで知らなかった何か。

それが彼とつながっているところから、身体中に広がっていく。

「あ、んっ」

自然と腰が揺らめいた。動くたびに熱が満ちていき、興奮が高まった。

「貴史…、たか…」

すがるように何度も呼ぶ。感情のままに顔を倒して彼にキスしたとたん、強く抱きしめられていた。

「佑真」

ぐっと深く突き上げられ、衝撃が足先まで駆け抜けた。

彼の指が肌にくいこみ、より強く自分の上に引き下ろす。里見の身体も勝手に動き、彼を求めてのたうった。

「あ、ああっ…！」

抑えようもなく、濡れた声があがってしまう。それが自分の耳に届いて、わずかに残っていた理性がぎょっとする。それでも、留めることはできなかった。

まわりのすべてが消え失せ、唯一すがることのできる彼の背中にしがみつく。

一際奥まで貫かれた瞬間、里見の意識は砕け散った。


目覚めた時、里見は宇崎のベッドの中にいた。

あのあと、彼がソファから運んでくれたのは覚えている。ぐったりとして動く気力もなく、そのまま眠ってしまったらしい。

すぐ横で、宇崎も眠っていた。

里見の部屋まで運ぶのが面倒だから、こっちのベッドにしたのだろうか。広いベッドなので、並んで寝ていても触れている部分がない。

燃えるようだった熱は冷め、ひどく静かだった。

じっと宇崎の寝息を聞いているうちに、里見はなぜだか泣きたいような気分になってきた。

セックスしたこと自体は、たぶんたいしたことじゃない。女性と違ってバージンがどうとか、妊娠がどうとか心配する必要はないから。

身体にもさほどダメージはない。宇崎は初めての里見に気を遣い、優しくしてくれたのだと思う。次はうまくやれるように。

こんな気分になるわけが、よく分からなかった。

里見は彼を慰めたかったし、自分から誘ったようなものだ。抱きついてキスをして、彼がその気になった時もろくに抵抗しなかった。

実際のところ、すごく感じた。

強すぎる快感に、我を忘れた。

自分にそういう性癖があったことは驚きだが、悩むほどのことでもない気がする。里見は女性も抱けるし、つまりはバイということで、楽しみが二倍になったとでも思えばいい。

それなのに、なんでこんなに落ち込んでいるのだろう。

隣に横たわっている宇崎の身体。どこも触れていないのに、彼の熱を思い出す。抱きしめた時の力強さや、肌の感触も。

胸が苦しくなる感じがして、里見はもっと彼から離れるべくベッドの端に寄った。宇崎が目を覚ます前に、自分のベッドに戻ったほうがいいかもしれない。

そうっと蒲団から出ようとしていると、宇崎がこちらに寝返りを打った。薄闇の中で、煙《けぶ》ったような彼の瞳が開かれる。

心臓がどきりと跳ねた。寝起きの男をセクシーだと思うなんて。

「悪い、起こしたか」

なるべく何気ない声を出して、上半身を起こした。

「寝ててくれ。俺は自分の部屋に戻るから」

ベッドから足を下ろした瞬間、宇崎の腕が後ろから腰にまわされた。ぐいっと引っ張られ、またベッドの上に戻ってしまう。

「な、なに…」

「時間までここで寝ていけ」

「でも…」

「朝になったら、俺が起こしてやる」

寝坊の心配をしているわけではないのだが、宇崎は後ろから抱える腕を放さない。がっしり引き寄せられているので、身体が密着している。

この状態では、宇崎の胸に抱かれて眠るみたいではないか。

どうして彼は、こういうことをするのだろう。里見の心が弱くなった時を見透かすように、ぬくもりを与えてくる。

ひょっとして、寝ぼけて誰かと間違えているのかも。

「あのさ、宇崎さん」

「なんだ？」

「俺が誰だか分かってる？」

「ああ」

「寝てる間も俺を見張るつもりか？」

「誰と寝るつもりかによるな」

「え？」

「あの調子なら、その気のある男は引っかかる。身の上話と一緒に誘いをかければ、ストレートの男でも騙されそうだ」

身の上話。里見がした亮治の話を、彼に取り入るための嘘だと思ったのだろうか。昔みたいに騙そうとしていると。

里見が誘うような真似をしたのは、彼がゲイだと知ったあとだ。だから彼と寝たのも、何か目的があるからだと疑っている？

それこそ色仕掛けで気を引くために。

ああ、そうか。里見は唐突に気がついた。

落ち込んでいた理由は、これだったのだろう。

宇崎が里見を抱いたのは、好意を抱いてくれたからでも、信じてくれたからでもない。何か目的があると思っていたから、里見の誘惑にのってみただけだ。

疑うのも当然だろう。

阿部の時はあんな醜態をさらしたのに、宇崎の時は自分から身を投げ出して感じまくってしまった。

一度は騙した彼に、また信じてもらうのは無理な話だ。

それでも、あの時の里見の気持ちは嘘じゃなかった。宇崎にとってはただのレクチャーで、性欲処理的なことだったとしても。

自分の気持ち。

里見は改めて考えてしまった。

彼の生い立ちを知って、同情して、慰めたいと思った。子供の頃に優しくしてくれたお返しに、今度は自分が優しくしたかった。

本当にそれだけだろうか。それだけで、男の彼と寝てしまえるものだろうか。それで彼に信じてもらえなかったからといって、なぜ落ち込む必要がある？

里見はそれ以上、考えるのをやめにした。考えても仕方がない。むしろ今回のことは、何かの策略だと思われていたほうがいいのだ。お互いのために。

里見は安全な仮面をつけることにした。『詐欺師』という仮面を。

「俺は今まで、男を引っかけたことはないんだ。やり方を教えたのはあんただろ」

「ああ。だが今はこっちの仕事に集中してくれ」

「仕事が終わったら、本当に解放してくれるんだろうな？」

挑発的な口調で続けた。

「新しい特技を生かして、これからは男に色仕掛けもできるし。俺の魅力は女にも通用するから、稼ぎが二倍になるなあ」

わざと無邪気に聞いてやる。

「ゲイの男って、ＳＭ嗜好が多いのか？　見分け方ってある？」

「それは自分で考えろ」

「ムチとかローソクとかはやっぱ遠慮したいな。軽く縛りくらいは入れてもいいけど、首絞めはヤバすぎ…」

調子にのってしゃべっていると、彼が手のひらで里見の目を覆った。

「もう寝ろ。明日は忙しくなる」

ふさがれたのは目だったが、里見は口を閉じた。大きな手だから、片手で両方の目をふさぐのに十分だ。

闇の中で、触れている彼の存在を痛いほど感じた。

もう一方の手は腰にまわされていて、背中は彼の胸にくっついている。彼の腕にくるみこまれ、まるで本当に愛し合ったあとみたいだ。

里見を信用してないくせに、どうしてこんなぬくもりだけを与えるのだろう。

どうせ失ってしまうのだから、知らないほうがいいのに。

別に相手が里見だから、というわけではないのかもしれない。あの叔父と対面した影響がやっぱりあって、人恋しいような感じがあるのかも。

その証拠に、背後にいる宇崎の呼吸がすぐ深く、ゆっくりになる。少しは慰めになったのだろうか。

彼がぐっすり眠れるのなら、身体を張った甲斐があるというものだ。

腕の力がゆるんでも、里見はそこから動けずにいた。動きたくなかった、というのが本当かもしれない。

4

「え？」

里見は自分の耳を疑った。

「今の話、どうかもう一度」

部長秘書の寺川《てらかわ》という女性が、声を潜めた。

「だからね、宇崎専務が社長に呼びつけられたあと、急に休暇を取っちゃったんですって。専務秘書の江野《えの》さんによると、なんか社長と揉《も》めたみたいなの。このまま辞めるつもりなのかもって、心配してて」

「揉めたって、どんなことで…」

「それがよく分からないのよね。宇崎さんは社長のお気に入りだし、大きなミスとかした話も聞かないし。そういえば、社長が世話したお見合いの話を断ったっていう話はあったけど」

里見は愛想よく相槌《あいづち》をうちながら、頭の中でめまぐるしく考えていた。

宇崎が社長と？

横領犯が分かりそうな時に、何があったのか。今日、香田はいつも通りに出勤していた。でも午後からは姿が見えない。

「宇崎さんは役員の中で唯一の若いイケメンなのよ。彼が辞めちゃうようなことになったら、女性社員は大ショックだわ」

「まだ辞めると決まったわけじゃないんでしょう？」

「そうだけど、なんかただ事じゃない雰囲気なのよ。うちの部長もずっと会議室にこもってるし」

里見はあまり興味がなさそうに話を変えた。

「香田さんも午後からいないですよね。質問したいことがあったんですけど」

「ああ、彼、早退したみたい。風邪《かぜ》でもひいたんじゃない？　昼休みに会った時、顔色悪くて具合悪そうだったから」

「それは心配だなあ。お見舞いに行こうかな」

真剣な顔で言うと、寺川が目を瞬《またた》いた。

「里見くんって、面倒見がいいのね」

「ここに入ってから、みんなによくしてもらってるので」

「あ、じゃあ、私が風邪ひいた時もお見舞いに来てくれる？」

「もちろんです。甘いカレーくらいしか作れませんけど」

「何それ、かわいいなあ、里見くん」

楽しそうに笑う寺川は、アラフォー世代の独身女性である。部内のお局様的な存在であり、社内の情報にくわしい。

会社のような組織には、上司である『ボス』と、実質的な力を持つ『ボス』がいる。寺川は後者であり、彼女に睨《にら》まれると仕事もうまくいかなくなるのだ。

『かわいい年下男性』が好みなので、里見はかわいがられていた。もちろん、彼女の好みはリサーチずみだ。

それからしばらく得意料理の話などしたあと、里見はさらなる情報を集めることにした。もう少し中枢に近く、事実を知っていそうな人物だ。

里見は仕事の合間を縫って、阿部が一人になる時を待った。

「阿部さん、この間はどうも」

ぎくっとしたように、阿部が振り向いた。

「や、やあ、里見くん」

「ちょっとお話があるんですけど、いいですか？」

阿部は明らかに逃げ腰になった。

「いや、今は手が離せないから、話ならいずれまた…」

里見は『かわいい部下』ではない顔で、にやっとした。

「自分の身が惜しかったら、顔貸してください、阿部さん」

「き、君は、何を…」

「ちょっと聞きたいことがあるだけですから」

資料室として使われている小部屋を差し示すと、阿部はおとなしくついてきた。阿部を先に部屋に入れ、扉を閉める。逃げられないように自分はその前に陣取った。

「それで、話っていうのは…」

引きつった顔で阿部が言う。奇妙なものだ。部屋に二人きりという状況は、前回とあまり変わらない。

相手の弱みを握っていないと、阿部のサディスティックな部分は影を潜めてしまうのだろう。

「聞きたいのは、宇崎専務のことです」

里見にそう切り出され、少しほっとしたのが分かる。宇崎がすでに権力を失ったことを知っているに違いない。

いわゆる『後ろ盾』がなくなった里見に対し、有利に立とうと考えているのが見え見えだ。

「ああ、いや、君が専務とそういう関係だとは知らなかったんだ。もちろん、君たちのことは誰にも話していないよ」

ラブホテルでほかの男といるところに踏み込めば、こういう誤解は当然である。今となっては完全な誤解とも言えないが、阿部に知らせることはない。

里見はにっこり笑って口調を変えた。

「ああ、宇崎は俺のお目付役なんだ。せっかく就職したのに俺がまた問題を起こすのを心配した父に、見張ってるよう頼まれててね」

「君のお父さんに？」

「俺は妾腹《めかけばら》だから、表立っては名乗れないんだよ。宇崎は親父《おやじ》の言葉に忠実で、俺の私生活まで監視してるんだよな。前はギリギリで警察を抑えたけど、次に何かやったらまずいからってさ」

真実と組み合わせた嘘は説得力を持つ。はっきりしたことは言わず、あとは相手の想像力にまかせるとより効果的である。宇崎を呼び捨てにする里見の『秘密の父親』が誰で、里見が過去に何をやったかとかを、自分で考えさせるのだ。

状況説明としては筋が通っている。人事部長の『肝いり』で配属され、専務自らが助けにくる理由。

阿部の嗜虐《しぎゃく》趣味は、自分より弱い相手に発揮される。逆に強い相手に対しては、明らかに弱腰だ。だったら、背後にいる『強い相手』を匂わせればいい。

阿部はそれなりのことを想像したらしく、心なしか顔が青くなった。

「なんか急に宇崎が解任されて、俺としては困ってるんだ。せっかく猫をかぶって懐柔しかけてたのに、次に誰が付くか分からないし。で、解任の理由を知りたいんだ。あんたなら何か知ってるだろ？」

権力者の放蕩《ほうとう》息子らしく、見下した視線で決めつける。阿部は迷うような目を向けた。

「そのことは絶対、外に漏らすなという指示があって…」

「教えてくれたら、あんたが俺に何をしたか言うのはやめとくよ。親父に知られたらどうなるか分かってると思うけど」

ごくりと唾を飲み込んで、阿部は唇を舌で湿らせた。

「それほどくわしい話は聞かされてないんだ」

「ごちゃごちゃ言ってないで、さっさと知ってることを話せ！」

ネクタイをぐいっとつかんで恫喝《どうかつ》する。ＳＭ好きの阿部にはＭ的嗜好もあるらしく、命

令にびくっと反応して口を開いた。

「専務は香田を使って、会社の金を横領してたんだ」

思わず口をぽかんと開けそうになった。いつのまに、そんな話になったのだろう。

「証拠があるのか？」

「佐原《さはら》常務に証拠をつかまれた香田が、全部吐いたんだ。香田に架空の請求をさせ、専務が監査に引っかからないように隠蔽していたらしい。発覚が遅れたのはそのせいだ。被害額を調べようとしたけど、部長に余計なことはするなと言われて…」

「それで宇崎は処分されるのか？」

「表沙汰になるのを避けて、たぶん辞職させるんだろう。警察沙汰にしたら、またマスコミに騒がれるから」

「なるほどね」

筋書きはだいたい読めてきた。

「阿部さん、今の話、誰にも言ってないでしょうね」

「と、当然だ」

「俺の秘密も黙っててくださいね。将来はともかく、今のところ俺はただの一社員だから」

意味ありげに念を押す。阿部は再び唾を飲み込んだ。

「分かった」

「お互い秘密を守って、おだやかに暮らすとしましょう。いいですね？」

「ああ」

こくこくと頷く阿部にかわいい部下らしくにっこりし、里見は資料室を出た。


きちんと終業時間まで仕事をしてから、里見はまっすぐ家に帰った。今日ばかりは、宇崎のほうが先に帰っている。

部屋に明かりがついているのを確認して、ドアを開けた。

「ただいま」

明るく挨拶すると、ソファで新聞を読んでいた宇崎が返してくれた。

「おかえり」

すとんと隣に腰を下ろした里見の顔を見て、苦笑する。

「嬉しそうだな」

「なんか、おかえりって言ってもらえるのがいいなと思って」

「これからは俺が家にいることになるからか」

宇崎は肩をすくめた。

「何を聞いた?」

「宇崎専務が急に休暇を取ったって」

「ほかには?」

「いろいろと。でもほんとのところ、何があったんだ?」

唇を歪めた宇崎が、苦々しそうに言う。

「先手を打たれた」

「誰に?」

「見当はついている。事実を確認するために香田を呼び出したが、彼が来る前に俺のほうが社長に呼び出された。寸前で先に報告が上がったらしい。結論から言えば、俺が香田と組んで横領したということだ」

「香田がそう言ったから?」

「それだけじゃない。不正な保険金支払い書に俺の認証印が押してある。俺の権限で認可されているから、監査にも引っかからなかった」

「それで休暇?」

「休暇という名の停職処分だ。三日後の役員会で俺の正式な処分が決まる。懲戒免職にすると理由がいるから、おそらく『温情』で辞職という形になるだろう」

三日後。いろいろ調べられないうちに素早く動き、臭いものには蓋《ふた》をする。処分が決定してからでは遅いので、あまり時間はない。

「これでお前も自由になれるな」

考え込んでいた里見は、宇崎の言葉に目を瞬いた。

「どういう意味だ?」

「もうお前の仕事は意味がない。ここにいる必要もなくなった」

言外に出ていけ、と言われたようで、里見は思わぬショックを受けた。いずれは出ていく場所だと知ってはいたが、もっと先のことだと思っていた。

まだ何も成果をあげていないし、こんな状況で出ていきたくはない。里見は思わず、宇崎のシャツをつかんでいた。

「さっさと降伏して諦めるのか?」

「こうなっては、ほかに手はない。事を大きくしたところで俺に益はないだろう」

「俺との取引はどうなるんだよ」

里見は食い下がった。

「仕事に失敗したのは俺じゃないけど、脅しは有効だろ」

「確かにこれは俺の失態だ」

宇崎の口元にかすかな笑みが浮かぶ。

「だから、お前は好きにしろ」

胸の奥がきりきりする。こんな時に、こんな風に笑ってほしくない。里見はつかんだシャツをぐっと引っ張った。

「好きにしていいのか？」

「ああ」

「じゃあ、当初の予定通り、横領犯人を捕まえる」

もっとさらりと言うつもりだったが、思ったより力が入ってしまう。宇崎が驚いたように眉を上げた。

「なぜそんなことをする？」

「俺は中途半端が嫌いなんだ」

彼のシャツを離し、心を落ち着けた。口調をビジネスライクな感じにする。

「社内でまわりを観察したけど、俺のことはバレてないんだろ」

「お前のことは、人事の富坂《とみさか》と俺しか知らないからな」

「じゃあ、まだチャンスはある。やり始めた仕事は最後までやるのが、俺の主義なんだ」

ヤバくなったらさっさと逃げ出すのが詐欺師の信条だ。でも今は、こういう主義を持つのも悪くない。

「依頼したのはそっちなんだから、あんたにも協力してもらうからな」

挑発するように言うと、宇崎が口元を引き上げた。

「実際に俺が犯人だとは思わないのか？　お前を雇ったのは目くらましで、いずれ罪を着せるつもりだったと」

里見はじっと宇崎の顔を見てしまった。

彼はもう、昔の『優しかったお兄ちゃん』ではない。それでも、ずっと変わらない部分がある。里見の心の中で。

「あんたは俺を信じてないけど、俺はあんたを信じてる。亮治以外で俺が信じた人間は、あんただけだ」

漏らしてしまった本音に照れくさくなり、咳払いをしてごまかした。

「だいたい、俺が素人に騙されるわけないし。さっさと真犯人を暴こうぜ」

宇崎はしばらく沈黙したあと、ふっと息を吐き出した。

「さすがにうまいことを言う」

「その気になった？」

「それで、具体的にどうするつもりだ？」

「認証印が使われたってことは、前からあんたを罠にかけようと計画してたってことだ。香田のことがバレそうになったから、一気に事を進めたんだろう。あんたを陥れたのは、佐原常務とその一派、ってところ？」

「…よく知ってるな」

「秘書さんたちの情報網を馬鹿にしちゃいけない。誰と誰が敵対してて、誰とつながってるか、頭の中に相関図があるんだから」

「なるほど」

「財務部長の岩淵は常務派だろ。この二人が組んでやった可能性が高いな。香田は利用されたんだと思う」

「俺をはめるために、会社の金を横領か」

「あんたが有能で、社長に気に入られてるからさ。嫉妬っていうのは、恋愛以外でも強力な動機になるんだよ。ほかの役員も、もう常務に取り込まれてるかも」

「自社の生え抜きが多いからな。外から来た俺には風当たりが強い」

「ということは、きっちりした証拠を見せないと駄目だ。有無を言わせないようなのを」

「それで?」

「悪巧みをする連中は、利害関係だけで協力し合ってるんだ。裏を返せば、信頼が希薄だってこと」

宇崎の目を見て、にやっとする。

「俺のやり方でやるか?」

つまり、詐欺師の流儀で、ということだ。宇崎は軽く肩をすくめた。

「いいだろう。お前の腕は知っている」


自分のベッドで横になってから、里見はなかなか眠れなかった。

宇崎は里見の計画を了承してくれた。現段階ではほかに手がないからかもしれないが、少しでも彼に信じてもらえたことが嬉しい。

今回のことが終わるまでの間だけだとしても。

宇崎がはめられた理由を思うと、むかむかと腹が立つ。かつて彼を騙した自分が怒ることではないかもしれないが、少なくとも詐欺師は金を稼ぐために仕事をしていて、犯罪だという自覚がある。

でも社会的な地位も金もある人物が、同僚を陥れるためだけにこんな汚い真似をするのだ。なんの罪悪感もなく。

出世を妬《ねた》む常務とか、暴力的な叔父とか、どうして傷つけるような連中ばかりが彼のまわりにいるのだろう。自分も含めて。

もう傷ついてほしくないのに。

とうとう我慢ができなくなり、里見はベッドを抜け出した。自分の部屋を出て、そうっと宇崎の部屋のドアを開ける。

わずかな明かりの中で、ベッドの上の膨らみが見えた。こちらに背を向けて寝ているようだ。

里見は逡巡《しゅんじゅん》しつつも、ゆっくり部屋に足を踏み入れた。このベッドで彼に抱かれ、彼の腕に抱えられて眠った。

彼の体温と匂いを思い出し、身体が震える。里見はふらふらとベッドに近づき、彼の蒲団に潜り込んだ。

後ろから腕をまわし、背中に抱きつく。それで目が覚めたのか、宇崎が首を振り向けた。

「おい…」

「ごめん、起こした？」

「何をしている？」

「抱きついてる」

引きはがされないように、腕に力をこめてしがみつく。宇崎が溜息をついた。

「お前は、何を思って俺に抱きつくんだ」

「なんとなく」

実際のところ、自分でもよく分からない。ただもう一度、彼のぬくもりを感じたかった。今夜は傍にいたかったのだ。

「一緒に寝てもいいだろ。相棒になったんだから」

「何が相棒だ」

「横領犯を捕まえよう計画の相棒」

「くだらないことを言うな」

闇の中、ベッドで抱きついているのに、宇崎は相変わらず素っ気ない。里見にあんなことをしたくせに。

レクチャーだったとしても、彼だって里見に反応していたのだ。少しは色っぽい雰囲気になってもいいのではないだろうか。

「ゲイの男に抱きついたら、身の危険があるんじゃなかったっけ?」

「そうだな」

「ぜんぜん危険になってないんだけど」

「相手によるだろう」

「俺じゃ駄目だってこと?」

里見はぐりぐりと彼の背中に顔を押しつけた。

「俺ってあんまりよくなかった?」

「そんなことを聞いてどうする」

「今後の参考にするから。どんなタイプなら手を出したくなる?」

「別にどうでもいい」

面倒くさそうな返事にむっとしてしまった。

自分でも何をむきになっているのかと思う。彼に手を出してきてほしいのだろうか。また抱かれたいと思っている?

分からない。でも、抱きついてるのに無視されるのは不満な気がする。

「あ、そうだ」

里見は腕をゆるめ、少し身体を起こした。

「あれは教わってないよな」

「あれ？」

「フェラチオ。男同士って、あれをしゃぶったりするんだろ？」

「……」

答えない宇崎の上にのしかかり、彼の下半身に手を伸ばす。

「俺が舐《な》めてみるから、レクチャーしてくれよ」

気楽な調子で言いながら、頭の中で自問していた。なんでこんなことを言い出したのだろう。なんとか彼の気を引こうとして思いついたのが、これだったのだ。

男のものを舐めようなんて、今まで考えたこともない。でも、宇崎のならできそうな気がする。ほかの男のものなどぞっとするが。

意を決して触れたとたん、宇崎にその手を引きはがされていた。

「馬鹿な真似はよせ」

「なんで？　俺に男同士のやり方を教えてくれるんだろ。この先、くわえなきゃいけない事態になるかもしれないじゃないか」

「無理やりくわえさせられたら、噛み切ってやればいい」

「噛み…」

男としては、想像するだけで怖い行為である。

「いや、それは、いくらなんでも…」

「無理に覚える必要などないことだ」

「そうだけど…」

「ここで寝たければ、さっさと寝ろ」

追い出されないことに安堵《あんど》しながらも、がっかりした気分になった。すごく彼のを舐めたかった、とは言わないが、相手にされていないのを実感してしまう。

好意などなくても、欲望を満たすことはできる。こんなカモネギ状態なのに、何もしてこないなんて。

やっぱり前回のは、ただのレクチャーだったのだ。阿部に襲われて震えていた里見が、かなり哀れっぽかったのだろう。

経験してしまえば、さほど怖くない行為だと教えてくれただけらしい。一通り教えたから、もう用はないというわけである。

里見にとって、『教わる』というのはただの名目だ。宇崎以外の人間とまたやろうとは思えないから。

誘惑するのは諦め、里見は渋々と彼の背中に戻った。頬を寄せて、ぴったり張りつく。

彼にくっついているのは、気持ちがいい。触れてもらえなくても。

「おとなしく寝るから、名前を呼んでくれよ」

「なんのためだ」

「呼んでくれないと悪戯《いたずら》するぞ」

宇崎がまた溜息をついた。

「分かったから、もう寝ろ、佑真」

不思議だった。名前を呼ばれるのがこんなに嬉しいのは、なぜなのだろう。彼には偽名ではなく、本名を呼んでほしいと思う。

ムードを盛り上げるためじゃなくても。

「おやすみ、貴史」

背中に向かってそう言って、里見は目を閉じた。彼のぬくもりを感じているうちに、意識がとろとろと薄れていく。

眠りに落ちる寸前に、彼の声を聞いたような気がした。『おやすみ』と。

5

ターゲットは、一番弱いところを狙う。一匹の蟻《あり》から城壁が崩れることがあるように、まずはヒビを入れるところから始めるのだ。

そのヒビは、香田だった。

香田は翌日も会社を休んでいた。社内では、特に横領の噂は流れていない。情報はきっちり抑えられているのだろう。

宇崎専務の突然の休暇の理由も、いい加減な憶測が流れているだけだ。一番有力なのが『縁談説』というところに、女性たちの心情がうかがえる。

彼がゲイだと知ったら、横領以上のショックが走るかもしれない。

その日の会社帰りに、里見は香田の家を訪ねた。警察に追われているわけではないので、隠れ家にいるとは思えない。

予想通り、香田は自宅のマンションにいた。

「さ、里見くん？　なんで…」

「香田さんが風邪だって聞いて。お見舞いに来たんですよ」

いろいろと買ってきた『お見舞いグッズ』を掲げて見せる。

「あ、ああ、そうか」

香田はためらいつつもドアを開けた。

「たいしたことはないんだ。ただちょっと、熱があって…」

「それなら寝てなきゃ駄目ですよ。俺が消化のいいものを作りますから、それ食べて薬飲んでください。こじらせると大変だし」

さっさと部屋にあがって見まわす。

「あ、それとも、彼女さんがいらっしゃるんですか？　お邪魔なら長居はしません」

「いや、彼女も忙しいから」

「じゃあ、キッチンをお借りしますね」

里見は用意してきた具材でおかゆを作った。レトルトにちょっと手を加えたような代物ではあるが、『病人』には十分だろう。

自分の分も作り、一緒に食べることにする。

「わざわざ悪いな。お見舞いなんて」

「いえ、配属されてからお世話になってるから。せっかく見つけた競馬友達だし、香田さんがいないと寂しくて」

　妙な誤解を生まないようにフォローを入れる。

「一緒に競馬場で盛り上がってくれる友達って、なかなかいないんですよね。彼女を連れていった時も、一度目はけっこう楽しんでたのに、二度目はお金をスるだけだからもう嫌だって言われちゃって」

「そのスリルがおもしろいのになあ。イチかバチか、食うか食われるかって感じで」

「そうですよね」

　里見がうんうんと頷く。その結果、食われてしまうのがオチなのだが。

「早く風邪を治して、また一緒に行きましょう。香田さんがいないと、社内もなんか落ち着かないし」

　香田はびくっと反応した。

「落ち着かないって、どういう……？」

「阿部さんが代わりに入ってるんですけど、あの人ちょっと怖いんですよ。昔のファイルとかまでひっくり返してて」

「何か聞いてるか？」

「特には何も。でも部長も連日会議でいないんですよね。そういえば秘書の寺川さんが変なこと言ってたなあ」

「寺川さん？」

「俺、彼女と割と親しいんです。秘書仲間の情報によると宇崎専務が…」

「専務？　宇崎専務がなんだって？」

食いついてきた香田に、目を見開いてみせる。

「どうしたんです？　宇崎専務が何か…」

香田は咳払いをして、語気をゆるめた。

「なんでもない。それより、専務がどうしたって？」

「ああ、それがですね、香田さんが休んでる時に専務が急に休暇を取ったんですけど、その理由がどうも妙なんです」

「どう妙なんだ」

「専務秘書の江野さんが、専務が警察と電話で話してるのを聞いたそうなんですよ。なんか横領がどうとか聞こえたって。そのあと休暇に入っちゃうなんて怪しいでしょ」

「け、警察…？」

「社内で極秘捜査とかしてるのかなーって、ドラマじゃないですよね」

気楽に言って、香田の様子をうかがう。香田は明らかに動揺していた。

「香田さん？　顔色が悪いですよ、やっぱりまだ具合が…」

「いや、大丈夫だ」

いらいらしたように手を振って、話を戻す。

「今の話、本当なのか。専務が警察に話したって」

「え？　俺は寺川さん経由で聞いただけですから。別に心配することないですよ、調べられたって何もないんだし」

ふと心配そうな表情を浮かべた。

「それとも、何かあるんですか…？」

「い、いや、何もあるわけないだろう！」

思い切り否定してから、不安そうに続ける。

「でも何か出たら、俺が疑われるかもしれない」

「どうしてです？」

「立場的にまずい位置にいるからだ。横領とかなら、俺のせいにされるかも…」

「濡れ衣を着せられるかもしれないってことですか？」

里見は疑念を先取りして憤慨《ふんがい》してみせた。

「そんなこと、許せません。香田さんが横領なんかするわけないのに。でも確かに、香田さんが扱った書類に細工とかされたらマズいですよね」

「細工って…」

「ひょっとして、阿部さんが昔のファイルを持ち出してるのはそのせいかも…」

「阿部さんが…?」

「もし阿部さんが上の命令で動いてるなら、俺たちみたいな下っ端《したぱ》に全部罪をかぶせて、問題を片付けるつもりかな。都合のいい犯人を差し出せば、くわしく調べられずにすむし。個人でやったことにしとけば、クビにするだけでいいから」

「クビ…」

「でも警察が動いてるとなると、クビだけじゃすまないかなあ」

「………」

疑惑と疑心は最大の武器だ。弱みがあれば、余計に利く。種をまいて、あとは相手の心の中で増幅するのを待つだけだ。

「このまま彼らの好きにさせていいんですか、香田さん」

ぐっと拳を握って正義の味方をきどる。

「一人で罪をかぶって泣き寝入りなんて駄目ですよ。俺は何があっても、香田さんの味方ですから」

「でも、どうしたら…」

「まだはっきりしたことは分からないし、早まって動いたら事態を悪化させるかも。まずは何が起こってるのか確かめましょう」

「確かめるって、どうやって？」

「宇崎専務は休暇を取ってるけど、家にはいるみたいです。まずは彼が何をやるつもりか、見張ってみます」

「見張る？」

「張り込みとか尾行とか、捜査の基本じゃないですか。俺、アメリカの警察ドラマが好きなんですよね。スパイとかにも憧れてるし、ここは大船に乗ったつもりで俺に任せといてください」

ドラマオタクの自信満々な言葉に、香田が不安そうな顔をする。彼が不安になればなるほど、好都合だった。


「本当に身体は大丈夫なんですか、香田さん」

「大丈夫だ」

風邪のせいではなく、香田の顔色はあまりよくない。昨夜は眠れなかったのだろう。

里見は『看病』という名目で、彼の家に泊まり込んだ。ソファで眠った振りをしつつ様子をうかがっていたが、彼は一晩中寝返りを打っていた。

ぐっすり眠れないのは、真の悪党ではない証拠である。頭が切れて肝が据わっている人間はなかなか尻尾を出さないが、香田のようなタイプは扱いやすい。

朝になると里見は会社に休みの連絡を入れた。それからやる気満々で『張り込み』の話をしているうちに、香田が自分も行くと言い出した。

「でも香田さん、風邪ひいてるのに」

「もう治った」

「俺一人でも張り込みくらいできますよ」

「俺のことなんだから、俺も行くよ」

行くなと言われると、行きたくなるのが人間である。軽い朝食を食べてから、二人は宇崎のマンションに向かった。

入口が見えるところに陣取り、『張り込み』を始める。しばらくして、香田が里見を振り向いた。

「ところで、なんで専務の家を知ってるんだ？」

今頃になって疑問がわいてきたらしい。里見はにっこりした。

「前にとある女性に頼まれて、専務の住所を調べてあげたことがあるんです」

「それも寺川さんに？」

「当たり」

「あの寺川女史を手なずけるとは、たいしたもんだ」

「俺って、年上の女性にもてるんですよね」

「ああ、そんな感じがするな」

しみじみと顔を覗かれて、肩をすくめてみせる。

「宇崎専務の人気には負けますけど」

「あの人はね…、だからこそ煙たがられてるというか…」

「え？」

「いや、それで、こうやって見張るだけなのか？」

ごもっとも。里見は邪気のない顔で笑って、小首を傾《かし》げた。

「ドラマではこうやってるし。ほかに何をすれば？」

「何かもっとできることが…」

そこで香田がはっと息を呑む。里見は彼の視線の先を追った。

マンションから、宇崎が出てきたところだ。いつものスーツとは違い、ラフなジャケットを着て、サングラスをかけている。

体格がいいから芸能人みたいで格好よく見えるが、怪しいといえば怪しい。

「あれ、宇崎専務？」

「そうだ」

「ほら、張り込みの成果があったじゃないですか。ぐずぐずしないで、あとをつけますよ」

里見は香田をうながして、宇崎の後ろに続いた。

彼は徒歩で移動し、駅前の喫茶店に入る。通りに面して大きなガラス窓があるので、外から覗くには最適だ。

街路樹の影に隠れて窓から見張った。宇崎は中を見渡し、合図してきた男のテーブルに歩いていって、向かいに腰を下ろす。

それから深刻そうな顔で二人は話し始めた。

「専務の相手、誰だか分かります？」

「見たことないな」

「近づいて会話が聞ければいいのに。香田さんは顔が割れてるし」

「里見くんは新人だからバレないいんじゃないか？」

「どうだろう。バレたら適当に言いわけすることにして、傍に行ってみましょうか」

「いい考えだ」

里見は香田と別れ、喫茶店に入った。

宇崎の後ろの席にこそっと座り、コーヒーを注文する。飲み終わる頃には宇崎たちの会話が終わり、二人は席を立った。

少し時間を置いて、里見も支払いをして外へ出る。待ちかねたように香田が飛んできた。

「どうだった？」

「専務はどっちへ行きました？」

「駅のほうだ」

「すぐ追いますよ。歩きながら話します」

宇崎は駅の改札を通り、ホームで電車を待っている。少し離れたところで、里見は香田に結果を報告した。

「専務は彼のことを刑事って呼んでました」

「刑事…」

「話の内容はよく聞こえなかったんですが、前からの知り合いみたいな感じでしたね。な

んか架空請求がどうとかで、証拠がどうとか」

「ほ、ほかには?」

「専務が誰かと話をつけるって。それで相手も納得したようです」

香田はちらりと宇崎のほうに目をやった。

「どういうことだと思う?」

「うーん、あの刑事が専務の知り合いだとすると、何か協力を頼んでるのかな。警察を味方につけてたら強いですよね」

「協力って何を…」

「アメリカのドラマだったら、犯人逮捕につながる情報の代わりに罪の免除とか? 日本でもあるのかなあ?」

のほほんと答えているうちに電車がホームに入ってきた。宇崎が乗り込むのを見届けてから、自分たちも乗る。

宇崎は会社のある駅で降りた。でも会社には向かわず、やはり近くの喫茶店に入る。そこで誰かと待ち合わせをしているようだ。

再び外から張り込みをしていると、香田が小さく声をあげた。現れたのは、佐原常務である。

「あれ、あの人、うちの役員ですよね。確か、相良《さがら》、佐川《さがわ》…」

「佐原常務だ」

呆然とした感じで香田が言う。宇崎は立ち上がって佐原と握手し、何やら歓談を始めた。宇崎は笑っているし、親しそうな雰囲気だ。

「どうして常務が…」

「寺川さんにあの二人は仲が悪いって聞いてたけど、そうでもなさそうですね」

「そんなはずは…」

「休みの日にわざわざ会社じゃなくて外で会うなんて、何か急な用事なのかな」

香田は答えなかった。彼の頭の中で、疑念がふくれあがるのが分かる。里見は何気なく彼の肩に手をまわした。

「もっとなんかこう、ヤクザとかマフィアとか出てくるかと思ったけど、ただの仕事の話っぽいですね。よく考えてみれば、役員二人が変な悪巧みとかするとは思えないし、香田さんとは関係なさそうだなあ。あの刑事もたぶん専務の友人で、たまたま会っただけなんですよ」

いかにも刑事ごっこに飽きた、という感じでぽんぽんと肩をたたいて気楽に言う。

「なんか騒いじゃってすみません。俺って刑事ドラマの見すぎかも。下っ端に罪をかぶせるとか、普通の会社じゃありえないですよね。別に何もしてないんだから、香田さんも心配することないですって」

すっかり興味をなくしたように伸びをする。

「せっかく休みを取ったから、映画にでも行こうかな。香田さんはどうします？」

「いや、俺は……」

香田は言葉を濁し、じっと宇崎と佐原を見つめている。里見の脳天気な説に彼が納得していないのは、明らかだった。


夜になると、香田は動き出した。

人目を忍ぶようにして、待ち合わせの場所に向かう。そこは夜間、無人になる駐車場で、しばらく入口付近をうろうろしている。

やがて一台の黒い車が入ってきて、奥のほうに停めた。

里見は望遠カメラで運転席を覗いた。ライトがついている駐車場はけっこう明るく、感度を上げてあるので、姿を捕らえることができる。

運転席にいたのは、岩淵財務部長だった。香田は小走りで車に近寄り、助手席に乗り込んだ。

「役員会が終わるまで、じっとしてろと言っただろう。前日に俺を呼び出すなんて、どういうつもりだ」

腹立たしそうな岩淵の声に、焦燥した香田の声が重なった。

「その役員会のことです。本当に、そこでは宇崎専務の責任が問われるんですよね？」

「どうしてそんなことを聞く？」

「何かおかしなことになってるからです。警察が介入して本格的に調べられても、専務に濡れ衣を着せたことは発覚しませんよね？　書類とかちゃんとなってますか？」

「警察だと？　馬鹿を言うな。表沙汰にしないことは社の方針で…」

「でも、専務が警察に届け出たらどうなります？　身に覚えのない罪でクビになるくらいなら、白黒はっきりさせようとして…」

「あの男にそんな度胸はないさ」

「刑事に知り合いとかいたら、相談ぐらいするでしょう。それでもし事態が悪くなったら、俺にすべて押しつけるつもりですか？」

「何を言ってるんだ、馬鹿らしい」

「じゃあどうして、佐原常務は宇崎専務とこっそり会ってるんです？　専務をクビにするつもりなら、和解したりしませんよね？」

「常務が専務と？　それは本当か？」

「この目で見ました。警察沙汰を避けるためにあの二人が手を組んだとしたら、俺たちはどうなります？　うまく専務を追い落としたあとは、ほとぼりが冷めるまで俺はしばらく地方に行って、本社に戻ってきた時はそれなりのポストを用意してくれるって話だったのに」

「横領はもともと君がやったことだろう。見逃してくれるなら、なんでもすると言ったのは君だ」

「そうですけど、最初はたいした金額じゃないし、バレる前に返す予定でした。あれからどんどん金額が増えたのに、罪を全部かぶって刑務所に行くのはごめんです。そんなことになったら、専務の認証印を偽造したことからすべて話しますからね」

「人聞きの悪いことを言うな。あれはたまたま、専務の出張中に必要になったもので……」

「どちらにしても、バレれば部長の立場もマズいでしょう。俺たちは一蓮托生《いちれんたくしょう》です。佐原常務にもそのことを言っておかないと」

「まあ、待て。私のほうから、それとなく探りを入れてみる。明日の役員会が終われば、何もかもうまくいくはずだ」

「そう願いたいですね」

ヘッドホンで二人の会話を聞きながら、里見はにんまりした。これだけ話してくれれば文句なしだ。

裁判での証拠能力はないとしても、役員会では十分だろう。

悪巧みをする連中は、ちょっとした火種で疑心暗鬼になる。自分も同じ目にあうかも、という不安があるからだ。

自己保身のために、裏切られる前に裏切る。悲しい人間の性《さが》かもしれない。

ふと、『騙される前に騙せ』と言っていた亮治の信条を思い出す。彼もまたそうすることで、何かから自分を守っていたのだろうか。

録音された会話を聞き終わり、宇崎は溜息をついた。

「香田の横領を岩淵が見つけ、それを佐原が利用したわけか」

「組織ぐるみで隠蔽してたから、誰が犯人か特定できなかったんだな」

里見は会話が入ったフラッシュメモリーを彼に渡した。

「二人が密会してる写真も入ってるけど、写りは悪いし、車で一緒にいるだけだから男同士の不倫現場って言いわけができるかも」

「会話はどうやって録った？」

「香田のジャケットに盗聴器を仕掛けておいた」

彼の肩を抱いた時、襟の裏に貼り付けたのだ。

「盗聴器なんてどこで手に入れる？」

「今は普通に売ってるよ。俺は知り合いから手に入れたけどね」

専門的になればなるほど小型で性能がよく、会話も鮮明に録音できる。情報はいつの時代も金になり、盗む手口はより高度になっていく。

情報を盗まれないようにするには、電話もネットもないような場所で、原始的な暮らしをするしかない。

「役員会でこれを聞かせれば、常務はぐうの音も出ないさ」

宇崎はフラッシュメモリーを手の中で転がした。

「…借りができたな」

「横領犯を見つけて、取引は成立だろ」

にやっとする。

「あんたの怪しい格好もなかなかだったし」

宇崎は嫌な顔をした。

「お前が指示したんだろう」

「怪しいというより、芸能人みたいだったけど。佐原常務にはなんて言って会うことにしたんだ？」

「おとなしく辞めることを前提に、あとのことを頼みたいと言って呼び出した。なるべくにこやかに話せというから下手《したて》に出るしかなかったが、悦にいったあの顔を見てると腸《はらわた》が煮えくり返ったぞ」

「目的のためにはプライドも捨てないと。明日の役員会で溜飲《りゅういん》も下がるよ」

「俺が最初に会った男は誰だ？」

「知り合いの中で、あいつが一番刑事っぽかったから」

「ずっと未確認飛行物体と宇宙人について真剣に話していたが、いったいどういう知り合いだ」

「あはは…」

表には出せない横のつながりは、亮治から受け継いだものだ。何をどうしたい時はここに連絡、というような情報は、詐欺師にとって重要である。

相手がプロであれば、少々値が張っても素人よりは安心だ。欲に目がくらんで裏切ることがないから。

もちろん、絶対に信用できる、というわけでもないが。

「時間がなかったから、あんまり凝《こ》ったことはできなかったんだよ。でも、彼のＵＦＯ話にあれだけ深刻そうに聞き入るなんて、あんたもけっこう才能あると思うな」

「こんなことは、今回だけで十分だ」

そうだ。これで仕事は終わった。もうここにいる必要もない。あとは、最後の仕上げをするだけだ。

里見は彼の目を見つめて、口を開いた。

「今夜も一緒に寝ていい？」

宇崎は虚を突かれたような顔をした。

「どういう話の流れでそうなるんだ」

「えーと、うまくいったご褒美？」

「そんなことが褒美になるのか？」

「うん」

「お前は、妙な奴だな」

宇崎が仕方なさそうに溜息をつく。

「寝るならおとなしく寝ろ」

「了解」

里見は満面の笑みで頷いた。


ベッドの中で、里見は再び宇崎の背中に張りついた。

彼は文句を言わなかったが、やっぱり里見に触れようとはしない。安堵と失望の両方が胸にわいた。

このまま、深入りせずにすむ安堵。

もう彼の熱を感じることができないという、失望。

こうやって宇崎の横で眠るのも、今夜が最後になるだろう。

せめて覚えておこうと思う。彼のぬくもり、彼の匂い、彼の肌を。抱きついた時の身体の感触も。

おやすみ、と口の中でつぶやいて、里見は目を閉じた。

自分の名を呼んでくれた彼の声も、きっと二度と忘れない。

専務室を訪ねた里見を、宇崎はあっさり中に入れてくれた。

「どうした？」

「これから役員会だろ。なんかじっとしてられなくて」

「お前が緊張してどうする」

「仕方ないだろ、心配なんだから」

「俺を心配してるのか？」

「そりゃあ、やっぱり、行きがかり上…」

ぼそぼそ言うと、宇崎がふっと笑った。

「大丈夫だ、うまくやる」

腕時計を見て立ち上がり、ノートパソコンを手にした。

「もう行くぞ」

「終わったら、すぐ結果を知らせてくれ」

「ああ」

「じゃあ、がんばって」

宇崎は軽く手を上げると、専務室を出ていった。

一人残った里見は、ゆっくり深呼吸をした。この時を待っていたのだ。宇崎が油断して、里見をここに入れる時を。

彼はずっと用心していて、里見を重要な情報には近づけなかった。だがここには、社外秘の資料にアクセスできるパソコンがある。

里見は宇崎のパソコンを立ち上げた。アクセスするにはパスワードが必要だ。デスクの上を見渡し、英語の辞書を手に取った。

彼はセキュリティの規定に従って、定期的にパソコンのパスワードを変えている。その方法を、里見は密かに観察していた。辞書で適当なページを選び、その中の単語を使うのだ。

会社でも同じようにしているに違いない。今は電子辞書を使っているから、本の辞書があるのは不自然だ。

ぱらぱらと辞書をめくると、しおりが挟まっていた。そのページを開く。

アンダーラインなどは引いていないが、パスワードに使いそうな単語はだいたい分かる。

里見は二つ目で当たりを引き当てた。

画面が変わり、ファイルが現れた。その中から、里見は目当ての情報を自分のフラッシュメモリーにコピーした。

こういうパソコンは、アクセスした記録が残るようになっている。宇崎には里見が何をしたか、すぐバレるはずだ。

彼は里見を許さないだろう。再び騙されて、利用されたのだと知ったら。

せっかく横領の濡れ衣をはらせても、彼の不注意で会社の情報が流出した場合には、責任を取らされるかもしれないのだ。

宇崎を傷つける人間に腹を立てたのに、自分が彼を傷つけてしまう。昔と同じように。

再会してから、予想外のことばかりだった。

正体を知っているのに、優しくしてくれた。

思いがけず一緒に暮らせて、楽しかった。

ただのきまぐれだとしても、触れてもらえて嬉しかった。

もう二度とそんなことはないだろう。ほんのちょっと見せてくれていた信頼は失われ、今度こそ憎まれてしまう。

それでもどうしても、初めの目的を捨てられなかった。

いまさら迷っても、同じことかもしれない。昔も今も里見は詐欺師で、彼にはそれが分かっている。

騙した者と騙された者。

許されるはずもなく、償う術もない。何をしたところで、二人の関係が変わることなどないだろう。

里見はぐっと唇を噛みしめ、パソコンを消した。外にいる秘書の江野に明るく会釈して、専務室を出る。

その足ですぐに会社を早退した。宇崎の部屋から、自分の痕跡を消すために。

6

小学生の女の子が、公園でブランコをこいでいた。

その背中を、母親と思われる女性が押している。女の子が首を後ろにめぐらせて、もっと、と催促した。

さらに強く押し出され、ブランコが大きく揺れる。

女の子は嬉しそうに笑い声をあげた。

公園の隅にあるベンチに座り、里見はその親子を眺めていた。母親はほっそりしていて、長い髪を後ろで結わえている。

左の目の下には、印象的な泣きぼくろ。

『ちょっとここで待っててね』

そう言った自分の母にも、同じ場所にほくろがあった。記憶は薄れ、年を重ねても、忘れられない顔がある。

彼女を見つけたのは、偶然だった。銀行のＡＴＭで、三人前に並んでいたのだ。

稲妻に打たれたような感覚がしたあと、冷静に考えようとした。泣きぼくろのある女性くらい、ほかにいくらでもいるだろう。

五歳の時から会っていないのに、はっきり認識できるはずがない。

ただ、公園で置き去りにされた時、里見は伊勢神宮《いせじんぐう》のお守りを持っていた。自分が伊勢近辺に住んでいたのか、誰かの土産だったのかは分からない。

だがその中には、小さな写真が入っていた。写っていたのは、赤ん坊を抱いた女性の姿。

亮治がそれを見つけたのは、養子になってしばらくたった頃だった。

『お前のお母さんか?』

渡された写真を、里見はぎゅっと握った。

『うん』

『会いたいか?』

『うん』

『お前を騙して置いていった母親でも?』

里見には答えられなかった。幼い頭の中では、『捨てられた』ということが理解できなかったのかもしれない。

うつむいた里見の頭を、亮治はぐりぐりと撫でてくれた。

『お前が忘れずにいれば、いつか会えるかもしれないな』

里見は忘れなかった。写真はもうボロボロで、写っている顔も鮮明ではないが、確かに彼女と似ているように思う。

どこか懐かしい横顔。黒目がちな瞳。髪を耳にかける仕草。

母が二十歳の時に里見を産んだと言ったことを覚えている。だから年齢もほぼ合っているはずだ。

繁華街にある銀行は混んでいて、列はなかなかはけなかった。彼女は腕時計を見たあと、携帯電話をかけた。少しハスキーな声が里見の耳に届く。

『レイコだけど、少し遅れそうなの。あと十分くらいだから、待っててね』

再び、電流が走った。

ずっと忘れられずにいた声。そして、母の名は相川玲子《あいかわれいこ》といった。

一度だけ、母のことを調べてみたことがある。だが、その名前では何も出てこなかった。覚えている情報は少なく、再婚して名字が変わっていれば見つけるのは不可能に近い。

それが、こんなところで遭遇するものだろうか。

ようやく順番が来て、彼女がＡＴＭの操作を終える。里見は思わず列を抜け、あとを追いかけていた。

どうするかはっきり考えていたわけではない。ただ、確かめずにはいられなかったのだ。その人が母親かどうかを。

何か理由をつけて話しかけてみればいい。もしくはこのままあとをつけ、どこの誰なのかを調べるか。

彼女のほうしか見ていなかったせいだろう。そこで里見は、横合いから来た若い女性とぶつかった。

その拍子で相手はバッグを落とし、中身がいくつか道路に散らばる。

『すみません』

『いえ、こちらこそ』

里見は慌てて屈み込み、バッグの中身を拾った。

時間的には、数秒のことだったと思う。だが、全部拾い上げて顔を上げた時、すでに彼女の姿は人混みにまぎれてしまっていた。

その辺りは店が建ち並んでいて、横道も多い。しばらく捜してみたが、もう見つけることはできなかった。

唯一の手がかりは、彼女が持っていた封筒だった。保険会社のロゴが入った社用の封筒。職員か、もしくは顧客。

分かっているのは、下の名前と年齢、おそらくこの地域に住んでいる、ということだけ。雲をつかむような話だが、データさえ手に入れば調べることは可能だ。

そのためには、保険会社の内部情報にアクセスするしかない。

里見は宇崎のパソコンから盗んだデータで、検索をかけた。候補を絞り込み、自分の足で調べた結果、ようやく彼女にたどりついたのだ。

現在の名は、高橋《たかはし》玲子。夫と娘の三人暮らしをしている。娘の名は結花《ゆうか》といって、十歳になったところだ。

公園で遊ぶ親子の姿は、幸せそうだった。

母を探し出してどうするつもりだったのか、今となってはよく分からない。息子だと名乗り出る？　自分を捨てた理由を聞く？

実際にその姿を見てしまうと、何もする気になれなかった。

だからただベンチに座り、遠くから眺めていた。

なぜこれほど母に執着していたのだろう。亮治が死んでから、里見はずっと一人で生きてきた。それが寂しくて、家族が欲しかったのだろうか。

でも、血がつながっている、というだけでは家族になれない。母の家族はあの少女で、里見はもう必要とされていない。

そんなことは知っていたはずなのに、このベンチで自分は何をしている？　何がしたかった？　宇崎を裏切ってまで。

ぼんやり二人の姿を眺め続けていると、ふいに空気が動いた。

座っている里見の前に誰かが立つ。そこにいるだけで感じる、彼の存在。里見はぎゅっと拳を握って、一瞬、瞑目《めいもく》した。

審判の時だ。

本気で姿を消すのなら、携帯電話は捨てるべきだっただろう。でも、どうしても捨てられなかった。

だから電源を切ったまま、持ち歩いていた。

母を見つけたあと、里見は電源を入れた。そうすれば、GPS機能がよみがえる。宇崎が里見を追う気なら、遅かれ早かれ現れると思っていた。

予想以上に早かったということは、それだけ恨みが深いということだろう。彼に憎まれ、蔑《さげす》まれることを思えば身がすくむ。

それでも今度こそ、報いを受けなければならないのだ。

「とうとう見つかったか」

わざとふてぶてしい笑みを口元に貼り付けてから、里見は顔を上げた。

「なんだ、あんた一人か？　警官でも引き連れてくるかと思ったよ」

逆光の中で影になり、宇崎の表情は見えない。会ったとたんに殴られるくらいの覚悟はしていたのに、彼の声は落ち着いていた。

「お前なら、俺一人で十分だ」

「油断大敵って言葉を思い知ったんじゃないのか？」

「逃げたいなら逃げてみろ」

挑発するように言って、宇崎はどかっと隣に腰を下ろした。

里見は思わず彼の顔をうかがってしまった。彼はネクタイをゆるめ、背もたれに体重を預けてリラックスしているようだ。

殴りもしなければ、罵倒《ばとう》もしない。いったいどういうことなのだろう。彼は何を考えている？

うららかな公園のベンチに、騙した男と騙された男が並んで座っているなんて。緊迫した状況にしてはおだやかすぎて、奇妙な気分になった。

「分かってると思うけど、俺を警察に突き出すなら今しかないぜ。顧客の個人情報を盗んだ証拠もあるし、あんたにとっては千載一遇のチャンスだろ」

里見の至極真っ当な意見をあっさり無視し、宇崎は別のことを言った。

「あの女性は何者だ？」

どうやら視線の先を読まれていたらしい。里見はとぼけてみせた。

「女性って誰のことだ？」

「お前が一時間も眺めていた女性だ」

言葉に詰まってしまう。

「ずっと俺を見張ってたのか？」

「何をするつもりかと思って見ていたが、いつまでたってもお前は動かない。さすがに痺《しび》れを切らした」

「暇人だな…」

「俺には知る権利があると思うが？」

里見は目をブランコに戻した。公園には、子供の明るい笑い声が満ちている。不安も痛みもない、平和な風景だ。

「彼女はたぶん、俺の母だ」

嘘などいくらでもついてきたのに、宇崎の前だとうまくいかない。真実ばかりが口から出てしまう。

本当は、誰かに話したかったのかもしれない。いや、『誰か』ではなく、宇崎に。

彼はしばらく沈黙したあと、口を開いた。

「自分を捨てた母親を捜していたのか？」

どきっとしてしまう。

「それって…」

「五歳の時に捨てられたと話していただろう」

「いや、その、母親だなんて話、信じたのか？」

「そんな嘘をつく必要がどこにある？」

「同情を引くためとか、そういう風には思わないのかよ」

「お前を見ていれば、真実だと分かる」

胸の奥をぎゅっとつかまれたようだった。こんなことを言われるなんて、またしても予想外だ。彼に罵られ、警察に突き出される予定だったのに。

今まで誰にも話したことがないことまで、話したくなってしまう。

彼が聞いてくれるなら。

「俺がいたのは、ここより大きな公園だ。木が茂ってて、葉陰になってるベンチだった」

手でなんとなくその様子を示す。

「すぐ戻ってくるから待っててね、と母に言われて、ずっと待っていた。まわりが暗くなって、夜になっても」

　あの時亮治がいなかったら、どうなっていたのだろう。警察に保護されて施設に入ったか、あのままのたれ死んだ可能性もなくはない。

「次の日も、その次の日も公園に行った。待ってると約束したから。待つのをやめてからも、時々、あのベンチに戻らなきゃいけないような気分になる」

「そうか」

　しばらく沈黙が落ちた。

　女の子はようやくブランコを止める気になったようだ。足を下ろしてブレーキをかけ、ぴょんと飛び降りる。

　そろそろ家に帰る時間なのだろう。母と娘は手をつないで公園を出ていった。

　その姿を見送ったあと、宇崎が沈黙を破った。

「せっかく見つけたのに、話さなくていいのか？」

「うん……」

　里見は彼らの家も知っていた。さほど大きくはないが小綺麗な一軒家で、おそらく最近手に入れたマイホームに違いない。

　あの家のドアを里見がたたくことはないだろう。

「俺はたぶん、心のどこかで、母は騙したんじゃないかもしれないと思ってた。あの時、母はちゃんと戻ってくるつもりだったけど、何か理由があって戻れなくなったんだって。俺が待ち続けていれば、いつか母が捜しにきたかもしれないと」

人はなかなか自分が騙されたことを認めたがらない。それは、己の馬鹿さ加減を認めてしまうようなものだからだ。

諦めてすべてを受け入れた時に、怒りや悲しみがやってくる。

母に対して、里見が怒りを感じたことはない。むしろ亮治のほうが感じていたように思う。母親を捜そうとした時、ひどく不機嫌になったのを覚えている。

たぶん、里見が傷つくのを心配していたのだろう。

今、里見は傷ついているだろうか。怒りや悲しみを感じている？　自分でも不思議なことに、ひどく安らいだ気分だった。

「俺が覚えている母は、いつも悲しそうだった。泣いている顔ばかり思い出す。でも、今はすごく幸せそうだ」

自然と笑みがこぼれた。

「だから何も聞く必要はないんだ。俺はもう、あの公園のベンチで待たなくていいんだと分かったから」

「佑真」

　里見の肩に宇崎の腕がまわされた。その腕で、ぐっと引き寄せられる。気がつけば、彼の胸に抱かれる格好になっていた。

　彼のぬくもりに包まれて、身体が震える。こんな時に慰めるようなことはやめてほしい。すがりつきたくなってしまうから。

「あのさ…」

「なんだ」

「どうしてこういうことをするんだよ？」

「こういうこと？」

「俺を抱きしめたりとか…」

「何か問題か？」

「俺は詐欺師であんたを騙したし、会社の情報を盗んだんだぞ。分かってるのか？」

「ああ」

　宇崎の声は胸から聞こえた。

「携帯の電源を入れたのは、俺を呼ぶためだろう」

「それは…」

「俺を騙した償いがしたいか？」

「だから警察に突き出せばいいって…」

「それじゃ足りないな」

宇崎は急に里見の身体を引きはがした。

「帰るぞ、佑真」

里見は混乱してしまった。帰る？　宇崎の家へ？

彼が腕をつかんで引き立たせ、公園の横に停めてある車まで連れていく。どうしたらいいか分からないまま、里見は車に乗せられていた。


宇崎の部屋の中で、里見は所在なげに立ち尽くした。

数週間しかたっていないのに、ひどく懐かしい感じがする。いったい彼は、どういうつもりで連れ帰ってきたのだろう。

いつも会社から帰ってきた時と同じように宇崎は上着を脱ぎ、ネクタイをはずしていた。

そこでふと根本的な疑問がわく。

「あんた、仕事はどうしたんだ？　今日は平日だろ」

まだ終業時間には間がある。のんびり里見を見張っている暇などあったのだろうか。

「あの役員会はうまくいったんだよな？」

その後の状況をチェックしてみたが、たいして情報は漏れてこなかった。やはりなるべく秘密裏に処理されたのだろう。

ただ、佐原常務が辞めた、ということは分かったので、てっきりうまくいったと思っていたのだ。

里見の心配に気づいたのか、宇崎がおもしろそうに口元を引き上げた。

「クビになったわけじゃない。急用ができたから、半休を取っただけだ」

「そ、そうか…」

「役員会の結果を報告するはずだったな。佐原常務と岩淵部長は辞職することになった。香田は命令に従っただけということで、秘密厳守を条件に地方の支社に飛ばされた。横領された金は三人で分けてほとんど使われていたが、損益として処理されることになるだろう」

「大団円だ」

「お前のことを除いてな」

うっと、うめいてしまう。

「警察に突き出さないなら、俺をどうするつもりだよ？」

「そうだな」

宇崎が手を伸ばし、すっと里見の頬に触れた。

「お前はどうしたい？」

「どうしたいって…」

心臓が妙な具合に跳ね始める。これはいわゆる、色っぽい雰囲気というものではないだろうか。

ベッドに潜り込んでも、まるでそうならなかったのに。

「ひょっとして、身体で償うとかそういう…」

真面目に言ったのに、宇崎がぶっと吹き出した。せっかくのムードが台無しである。

「そんなに笑うことないだろ」

「償いになるくらい、すごいことをしてくれるのか？」

「ど、どうかな。教えてくれればなんとか…」

「教えてやるから、来い」

宇崎が寝室のドアのほうに移動し、里見に向かって手を差し伸べる。里見はごくっと唾《つば》を飲み込んだ。償いだろうとなんだろうとかまわない。もう一度、彼に触れられるなら。

里見はぎくしゃくと足を動かし、彼の手につかまった。

ベッドの上に座り、里見は彼が服を脱ぐのを見守った。

シャツの下から現れる裸身は硬く引き締まり、綺麗に筋肉がついている。前に抱かれた時、彼のほうは服を脱がなかったから、初めて目の当《ま》たり《あ》にしてしまった。

いまさらのように、彼の男の肉体を意識する。

あの胸に、抱きついたり抱きしめられたりしていたのだ。よくそんなことができたと思う。見ているだけで、心臓が飛び出しそうになっているのに。

服を脱ぎ落とした彼が、ベッドに近寄ってきた。

「お前も脱げ」

「う、うん」

慌ててもたもたとシャツを脱ぐ。震える手でジーンズを脱ごうと格闘していると、彼が手を添えて引き下ろした。

身を被《おお》うものがなくなって、彼の視線が肌に突き刺さる。部屋に西日が差しているから、まだ明るいのだ。

すべてを彼に見られてしまう。

彼の目に自分はどう映っているのか、急に不安になってきた。ゲイの男性にとって魅力的な身体、というのはどういう風なのだろう。

宇崎なら文句なしだと思えるが、里見がそうとはとても思えない。ベッドで抱きついても、何もされなかったのだから。

自分が震えているのに気づいて、さらにうろたえた。宇崎はけっこう経験がありそうなのに、みっともなさすぎる。

前回よりもひどく緊張していて、それを彼に隠せない。あの時とは何もかもが違う。抱き合う状況も、里見の気持ちも。

すっと胸を撫で上げられただけで、全身に電流が駆け抜ける。抑えがきかずに何か変な反応をしてしまいそうで、思わず顔を背けてしまう。

すると、宇崎が顎をつかんで自分のほうに顔を向けさせた。

「まだ怖いか?」

「そうじゃないけど…」

「嫌ならちゃんとそう言え」

「え? ち、違っ…」

「なんであれ、俺には嫌がる相手を無理やり抱く趣味はない」

触れていた手が引かれ、彼が離れる気配がする。里見はとっさに彼の胸に抱きついていた。

「嫌じゃない…！」

ほかに何を言えばいいか分からなかったので、事実を言うしかなかった。

「は、恥ずかしくなっただけだ。なんだか前より緊張してて…、仕方ないだろ、男とは経験が少ないんだから」

彼が腕をまわし、頭を撫でてくれる。里見はほっと息をついた。

「あんただって…」

「俺がなんだ？」

「一緒に寝てても、何もしなかっただろ。だから俺はぜんぜん好みじゃなくて、まったく興味がわかないのかと思ってた」

宇崎がふうっと息を吐く。

「まったくお前は、興味本位で抱きついたりするから困る」

里見はむっとして顔を上げた。こんなに必死で抱きついているのに。

「興味本位ってなんだよ」

「お前はゲイじゃないだろう。一度目は、ただの勢いとかアクシデントですむ。だが二度目は、そういう言いわけはきかないぞ。俺がどんな気持ちで我慢したと思ってるんだ」

里見は彼の顔を見つめてしまった。

最初の時は成り行きでセックスしてしまったから、次は自重してくれたのだろうか。里見のためを思って。

実は誘惑が成功していた？

なんだか嬉しくなってしまう。そんな我慢などしなくてよかったのに。すっかり気をよくして、彼の胸に顔を埋めた。

「俺がゲイになるのを心配してくれた？」

「怖い目にあったくせに、お前は無防備すぎる。男同士のやり方を教えてやるとかいう、俺の言葉を本気にするしな」

「あれって、レクチャーじゃなかったんだ」

「当たり前だろう」

「じゃあ、なんで？」

何気なく口から出てしまった質問に、宇崎は身体をこわばらせた。どきりとして、少し身体を離す。

彼は、燃えるような目で里見を見下ろしていた。

「抱く理由など、一つしかない」

「宇崎さ…」

「お前が詐欺師だろうが、俺を騙していようが、関係はない。俺がお前を愛《いと》しいと思い、お前を抱きたいと思う。それだけだ」

心臓を矢で射抜かれたようだった。

全身が熱くなり、頭がくらくらする。

宇崎に愛されることなど、絶対ないと思っていた。だから自分の心にも、ずっと鍵をかけてきた。

好きになってはいけないと思っていたのだ。

彼を好きになる資格など、里見にはないから。

それでも、心は勝手に恋をしていた。いつからだったのか分からない。もしかすると、子供の頃に出会ったあの時からなのかもしれない。

自分でも気づかないうちに、いや、気づかないように自分自身を騙しながら、でも本当は知っていた。

彼を見ているだけで楽しいのも、彼に触れられて嬉しいのも、ただ彼が好きだったからだ。抱きついたり、キスしてしまったのもそのせいだ。

心の奥底では分かっていた。どうしようもなく、宇崎が好きなことを。

騙して、傷つけて、傍から逃げ出してからも。

「俺は…」

口の中が渇いて、声がかすれた。

言ってもいいのだろうか。本当の気持ちを。信じてもらえなくても、自分にそんな資格がなくても、この想いだけは伝えたい。

「俺は、自分がゲイかどうかなんて分からない。ただ、宇崎さんに触れられたい。傍にいたい。ただの里見佑真という人間を、知ってほしい。俺には、あんただけなんだ」

声が震えてきて、うまく言葉が続けられなくなってくる。それでも、これだけは言っておかなければ。

「あんたを騙したり、裏切ったりしたけど、こんなこと言えた義理じゃないけど、でも俺は、あんたが好きだ…、ほんとに、好きなんだ」

宇崎がぐっと強く抱きしめてくれた。

「その言葉が嘘でもかまわない。俺がずっと信じていてやる」

「あ…」

「だからお前は、俺を騙し続けろ。俺に償いたいなら、一生傍にいればいい。俺は二度とお前を離さない」

激しく唇を奪われて、里見の全身が痺れてしまった。

「んんっ…」

彼のキスが気持ちいいのは知っているはずだった。でもこれは、魂ごとすべて持っていかれてしまいそうなキスだ。

何も考えられなくなって、ただ彼に自分の舌を与えて搦《から》め取られる。呑み込み切れなくなった唾液が、顎を伝って滴《したた》り落ちた。

狂おしいほど熱くてどこか苦しいのに、もっと触れていたい。

彼となら、いつまでもキスしていたい。

ようやく唇が離れた時、里見は百メートル全力疾走したような状態だった。苦しかったのは、息をするのを忘れていたからしい。

今まで、どうやってキスしていたのだろう。まるで思い出せない。

「はっ、はあっ…」

喘ぎながらぐったりもたれていると、宇崎の笑いが胸から伝わった。

「まだキスしかしてないぞ」

「し、仕方ないだろ、初めてなんだから」

「何が初めてだ?」

「こんなキスは、初めて…」

また彼は笑ったようだ。

「うまいことを言う」

「ほんとなのに…」

顔を上げさせられ、今度は軽いキスが口元に落ちる。触れるだけの優しいキスをされているうちに、呼吸が収まってきた。

ゆっくり身体の上を動きまわっていた彼の手が、乳首を擦った。そこを繰り返しなぞられているうちに、痛いほど硬く立ってくる。

無意識のうちに背中をそらせると、彼の唇がそこを覆った。きつく深く吸われ、衝撃が背中まで突き抜けた。

舌で転がされ、歯でこりこりと扱かれる。たまらない感覚に里見は身悶《みもだ》えた。

「んっ、や…」

「すっかりここで感じるようになったな」

ぼっと顔が熱くなる。

「そ、そういうこと言うなよ」

「やっぱり才能がある」

「それ、才能とは言わないんじゃ…」

「胸を弄ってるだけで、こっちもこんなだぞ」

きゅっと下腹部を握られて、里見の背が跳ねた。

「ちょっ、いきなりすぎだろっ…」

「そうか？」

おもしろそうに濡れた先端をつつく。

「ここは早く触ってほしそうだが？」

「う…」

ベッドで彼の裸身を見た時から、そこはすでに反応していた。乳首にいろいろされたせいで、もっと困った事態になっている。

身体が疼《うず》いてたまらない。まだ始めたばかりなのに、全身が切迫した興奮と欲望で脈打っていた。

「何をしてほしいか言ってみろ」

宇崎の手が、脇腹《わきばら》や太股《ふともも》を這《は》いまわる。わざと中心をはずしているのだろう。じわじわと焦れったい愛撫《あいぶ》に我慢できなくなってくる。

　里見はなんとか言葉を押し出した。

「も、もっと、触って…」

「どこを?」

　頭に浮かんだ単語を言う勇気がなく、宇崎の手をつかんだ。勃ち上がって震えている部分に導く。

「ここ」

　宇崎が喉の奥で笑った。

「まあ、いいだろう」

　彼の手に包みこまれ、快感が駆け抜ける。ゆっくり扱きながら、彼が身体を下げた。ざらざらした感触にどきっとする。

　彼の舌にそこを舐められるのは、視覚的にも衝撃だった。

「だ、駄目だっ…」

　里見は身体を引こうとしたが、宇崎にがっちり脚を押さえられていて動けなかった。

「舐め方を知りたいんじゃなかったか?」

「そ、それは、違くて…」

「気持ちいいだろう?」

「で、でも、そんなことされたら…っ」

「されたら?」

「あ、ああっ…」

根本から先端まで舐め上げられたとたん、里見は達していた。宇崎がちょっと驚いたように顔を離す。

「早いな」

「だ、だから、駄目だって…」

「男にしたことはなくても、女にされたことぐらいあるだろう」

「でも、あんたはほかの誰とも違うから…」

ぼそぼそ言いわけすると、宇崎が低くうめいた。

「まったく、わざとやってるのか?」

「何を?」

「こういう時に、あまり煽るのはよくないぞ」

「え…」

宇崎にいきなりぐっと脚を広げられた。膝の下に手を入れて持ち上げられ、秘められた部分があらわになってしまう。

　自分の格好に里見はぎょっとした。

「ち、ちょっと、待っ…」

　息をつく間もなく今度は後ろを舐められて、頭が爆発しそうになった。

「そんなとこ、汚ない…っ」

「少し我慢しろ」

「で、でも…」

「もう待つつもりはない」

　官能的な声がずしりと下腹に響く。求められているという感覚に、羞恥《しゅうち》よりも悦《よろこ》びがわき上がる。

「あ、あっ…」

　舐めて濡らされた場所に指を入れられ、悦びはより狂おしいものになった。身体が貪欲に彼を求め、指を締めつける動きをやめられなくなる。

「も、もっと…っ」

　切れ切れに訴えると、唐突に指が引き抜かれた。

　宇崎が膝を抱え直し、広げた脚の間に身体を沈めてくる。次の瞬間には、荒々しく貫かれていた。

「あぁっ」

里見は大きく息を吸い、なんとか彼を受け入れようとした。彼は熱く、硬く、獰猛《どうもう》な獣《けもの》のようだ。

でも里見もたいして変わらない。彼が与えてくれるものはなんでも味わい尽くそうと、必死になっているから。

彼の肩に腕をまわし、自ら引き寄せる。肌に指をくいこませ、衝撃に耐えた。

宇崎は強く激しく突いてきて、その力でベッドの端に押し出された。里見は彼にしがみつき、悲鳴を押し殺す。

哀れっぽい声など出したくない。それでも、こらえきれずに小さく喘ぎを漏らすと、宇崎がぐっと抱きしめてくれた。

「佑真」

自分を呼ぶ声に、欲望が燃え上がった。あらゆる神経が暴動を起こしたように、感覚が高まって渦を巻く。

興奮の波に押し流されながら、どうしようもなく彼を求めた。

こんなに強く抱かれているのに、まだ足りない。もっと彼が欲しくて、もっと深くつながりたくて、苦しいほどだ。

「た、貴史、もっと……！」

請い願う自分の声が遠くに聞こえた。

視界がぼやけ、激しく腰がぶつかっているのを感じる。限界まで彼に広げられ、満たされて、何もかもが熱に呑み込まれていく。

身体がバラバラになりそうだった動きが突然ゆっくりになり、より深くうがたれると、急にすべてが崩壊した。

「あ、ああっ……！」

悦びが叫びとなって、全身を震わせる。真っ白になった意識の中で、彼の熱い迸《ほとばし》りを身体の中で感じた。


今度は、マラソンでもしたようだった。激しい鼓動はなかなか収まらない。宇崎もまた、隣で息を乱している。

聞こえてくる彼の息遣いが嬉しかった。

この行為が、ただのレクチャーではないと分かるから。彼も自分と同じように求めてくれたのだ。

あんなに我を忘れて求めたのは、初めての経験だった。

ただ相手に触れて、一つになって、すべてを自分のものにしたいと願う感覚。そういう純粋で原始的な欲望は、男も女も関係ないのだと思う。

余韻に浸ってぐったりしていると、宇崎が顔を覗き込んできた。

「大丈夫か？」

「うん」

満足げに息をつき、猫みたいに彼の胸元にすり寄る。彼が肩に腕をまわして抱き寄せてくれた。

「お前がまだ初心者だというのを、うっかり忘れていた」

思わず笑ってしまう。

「俺ってほんとに才能あるのかも。すごく気持ちよかったし」

「その才能をほかで発揮するのはやめておけ」

「しないよ」

男に抱かれるのに少しも抵抗がないところをみると、やっぱり自分はゲイなのかもしれない。でも、宇崎以外は考えられないし、考えたくもなかった。

「俺はあんた以外じゃ絶対気持ちよくなれないと思う」

そう言った里見の言葉を信じてくれたらしく、宇崎が軽くこめかみにキスをする。まるで天国にいるみたいな気分だった。

ぴったりと寄り添って、彼の温かさや力強さを味わう。もう二度とここには戻れないと思っていたのに。

「あのさ…」

「ん？」

「その、いろいろごめん」

幸せな気分に水を差したくはないが、やはり謝っておくべきだと思った。こんな一言ですむとも思えないが。

里見の罪悪感をまぎらわそうとするかのように、宇崎が軽く耳を引っ張った。

「個人情報は流出していないし、悪用されてもいないようだから、今回は見逃してやる」

「そのことだけじゃないよ」

耳から手を引きはがし、真面目に言う。

「昔のことも…」

ふっと息を吐き、宇崎は身体を返して天井を見つめた。

「佐藤健太が姿を消した時、俺は本気で心配した。父親に何かあって、どこかにやられたのかもしれないと思ったからな。実際に捜しもした」

「さ、捜してくれたんだ…」

「自分の生い立ちと重ねて、お前には親近感があったんだろう。引き取られた先でひどい目にあったりしてないか、ずっと気がかりだった」

あの叔父のことが頭をよぎる。里見が同じ境遇になることを、本当に心配してくれていたのだ。

「あれが詐欺だと分かったあとも、やっぱり心配だった。お前はまだ子供だったから、父親に言われてやっていたとしか思えない。同じ道を歩んだら、いずれは捕まって刑務所行きになるだろう。それはそれで、お前の将来が気がかりだった」

里見の目頭が熱くなってしまう。騙されたのだと分かったあとも、そんな風に思ってくれていたなんて。

「優秀な外交員がいると聞いてお前のことを調べた時、すぐにあの時の少年だと気がついた」

肘《ひじ》で少し身体を起こし、彼の顔を覗く。

「よく分かったよな。あれからずいぶん成長したのに」

「変わっていないところもある」

「どのへんが？」

「俺に妙に懐いて、甘えてくるところとかな」

ぐっと言葉に詰まり、顔が赤くなってしまう。

「あんただって変わってないよ、俺に妙に優しくするところとか。今回は詐欺師だと分かってたのに」

宇崎がかすかに口元を上げた。

「見張るためだと言ってお前を住まわせたが、俺はどこかであの時のことを懐かしんでいたのかもしれない。くだらない想像だが、あのままお前とかかわっていたらどうなっていただろうと、考えずにいられなかった」

「俺も…」

里見はぎゅっと彼に抱きついた。

「俺も考えた。俺が本当に佐藤健太だったら、ずっとあんたの傍にいられたのかもしれないって」

「お前の素性を調べてみると、逮捕歴はないし、ちゃんと大学を出ている。真面目に生きているようにも見えたが、部屋に呼んで話をした時にまだ仕事をしていると分かった。あの堂に入ったとぼけ方で」

「う…」

どうやらまだ修行が足りないらしい。

「あの取引は横領犯を見つけるためだが、お前が何かするのを止めるためもあった。詐欺師など続けていれば、いずれは警察に捕まるか、父親みたいな目にあうぞ」

「…俺には、ほかにできることがなかったんだ」

「そうか？　外交員としては優秀だし、財務部での仕事も完璧だった。望めばどんな仕事もできるだろう」

「じゃあ足を洗ったら、あんたのとこにまた就職しようかな」

冗談めかして言った里見の言葉に、宇崎は真面目に返してきた。

「うちはセキュリティに問題があるらしいから、ちょうどいい。お前なら、不正な請求や架空取引を見抜けそうだ」

がばっと身体を起こして彼を見つめた。

「それ、本気か？」

「お前のやる気次第だ」

「でも俺、無断欠勤…」

「お前は特別な事情で休職中だ。やる気があるなら戻ってこい」

休職。それでは宇崎は、里見が戻ってくると信じてそういう処理をしておいてくれたのだろうか。

あんな形で姿を消したのに。

感動で胸が震えた。これからも彼と一緒に働いて、堂々と傍にいられるなんて。幸せすぎてめまいがしそうだ。

「本当に俺を信用してる?」

「どうかな。だがお前になら、騙されてやってもいい」

宇崎が里見の顔を両手で包み、目を覗き込んできた。

「お前の言動は詐欺の手口だと思っていたから、気を許さないつもりだった。だが、無防備な部分を見せられるたびに、心が揺らいだ。阿部にホテルに連れ込まれた時は、頭に血が上って踏み込まずにはいられなかった。昔から、俺はお前を放っておくことができない。今も、どうしてもお前を放っておけない」

目の中の熱情に囚われてしまう。

「だからお前は、本当の自分でいろ。俺の前では」

胸がいっぱいになり、泣きたくなってくる。もう身体も心も、宇崎でいっぱいになってしまった。

この気持ちを伝えたいのに、うまく言葉が出てこない。

だからなんとかこれだけを言った。

「いつかきっと、心から俺を信じさせてやるから」

「期待している」

宇崎はそう言って、優しいキスをくれた。

エピローグ

小さな墓石の前で、里見は手を合わせた。そこにはきちんと『里見亮治』の名が彫ってある。

ようやく彼は、自分自身として眠れるのだ。

後ろで宇崎も手を合わせてくれている。里見は心の中で亮治に話しかけた。もう大丈夫だよ、と。

里見はもう、あのベンチで待ったりしない。大切な人ができたから。これからは、真っ当に生きていくから。

そこで見守っていてほしい。

立ち上がって振り返り、宇崎に礼を言った。

「今日はありがとう。いろいろ手続きを手伝ってくれたことも」

「お前の父親だからな」

無縁墓地から骨を引き取って、亮治を埋葬し直すことができたのは宇崎のおかげだ。あちこち渡り歩いてきた彼も、これで落ち着ける。

「亮治も驚いてるだろうな、あの時の保険のお兄さんに手を合わせてもらって」

「あの時、彼が息子を愛しているのは本当だった。血のつながりがどうあれ、親子なのは真実だったんだろう」

「うん…」

不思議だった。詐欺師として生きてきた里見の心のうちを、宇崎はたやすく見破ってしまう。

「それにあの件は、俺にとって悪いことばかりじゃない。騙されたことを知った時、俺は自分の甘さを思い知った。叔父の支配を逃れて、自分のために生きようと決められたのは、あのことがあったからだろう」

「だから転職したんだ…」

「叔父を見返したくて我武者羅《ら》にやってきたが、今ではあの時の仕事も悪くないと思えるな。佐藤健太みたいな子に出会えるなら」

「貴史…」

「だからさっき、父親の彼に敬意を表して、お前をもらうと頼んでおいた」

里見は目を瞬いた。

「もらうって…」

「知っているか？　ゲイ同士の結婚は養子縁組だ」

「ほ、本気かよ？」

「二度と離さないと言っただろう。俺からは逃げられないぞ」

里見は幸福な気分で微笑《ほほえ》んだ。

「逃げる気なんかないよ。俺は自分で捕まったんだから」

宇崎といれば幸せだし、彼を幸せにしたいと思う。これからの人生を、彼と一緒に歩んでいきたい。

里見にも、ついに家族ができるのだ。

「ただし、一つ条件がある」

「な、なに？」

「カレーを作る時は、もう少し辛くしろ。カレーっていうのは、辛いものなんだ」

いきなりの注文に、里見はきょとんとした。

「俺、辛いの苦手なんだ」

「あれだけ甘いと、カレー風味のシチューだぞ。今度、辛くても食べられるようなのを作ってやるから、参考にしろ」

里見はまじまじと宇崎の顔を見て、爆笑してしまった。

まずいものは食べない、と言ったくせに、里見が作った甘いカレーを彼は完食していた。無理して食べてくれたんだと思うと、笑いが止まらない。

「佑真…」

渋い顔で自分の名を呼ぶ宇崎が、愛しくてたまらなかった。彼がいる牢獄《ろうごく》なら、一生囚われていてもかまわない。

里見は父親の墓前だということなどすっかり忘れ、思い切り宇崎に抱きついていた。

詐欺師は甘えて恋をする

Swindler like a spoiled child.

里見佑真《さとみゆうま》は、ショーウインドーに惹《ひ》きつけられていた。

街はクリスマスシーズンを迎え、色とりどりのイルミネーションで飾りつけられている。ショーウインドーの中には大きなクリスマスツリーがあって、光り輝いていた。

「クリスマスかあ…」

しみじみと呟き、里見はじっとツリーを見つめた。

母とクリスマスを過ごした記憶はあまりない。いつも家には悲しみが満ちていて、『お祝い事』をするような雰囲気はなかったから。

義父の亮治《りょうじ》には、ケーキを買ってもらった覚えがある。ローソクに火をつけ、ささやかにクリスマスを祝った。

ただ、ツリーを飾るような習慣はなかった。必要になればすぐ移動しなければならなかった彼らにとって、ツリーや飾りは荷物になるだけだ。

結局は捨てていかなければならないので、買ったところで無駄になる。

でもこの時期の風景には、不思議と心が惹きつけられた。たぶん、家にツリーを飾り、家族で過ごす『クリスマス』というイメージが、幸せを感じさせるからなのだろう。

それは今まで里見にとって、ショーウインドーと同じものだった。外から見ているだけ。作り話の中だけに存在する、普通の暮らし。

でも、今年は違うかもしれない。この華やかな風景の中に、自分も入れるのかも。

本当の自分でいろと言ってくれた人がいるから。もう正体がバレたからといって、逃げる必要はないし、ほかの誰かになる必要もない。

詐欺の仕掛けでもなく、相手を油断させるムード作りでもなく、自分のために楽しめるクリスマス。

こういうイベントを待ち遠しく思うのは、子供の頃以来かもしれなかった。

「おかえり」

里見は宇崎貴史《うざきたかし》を玄関まで出迎えた。

年末が近くなってくると、宇崎の帰宅はかなり遅くなった。もともと忙しかったのに加え、辞職した佐原《さはら》常務の分も仕事がまわってきて、ますます大変らしい。

終電近くに帰ってくるため、さすがに一緒に夕食を取るのは難しくなってしまった。宇崎には『待たずに先に食べろ』と言われているし、彼も会社の近くで食べてくる。

外食が嫌いなのに、ちゃんと食べているか心配なところだ。実際のところ、ちょっと痩《や》せたような気がする。休日も出勤することがあり、一緒に暮らして同じ会社に勤めているのに、最近はあまり話もできずにいた。

「お疲れさん」

「ああ」

「お風呂沸《わ》いてるから入ってこいよ」

宇崎が脱いだコートを受け取ってそう言うと、彼は苦笑を浮かべた。

「待ってる必要はないと言っただろう」

「別に待ってたわけじゃないよ。おかえりって言いたかっただけだから」

自分が帰ってきた時に、『おかえり』と言ってもらうのはけっこう嬉しい。ここが自分の帰る場所だと思えるから。

「そうだ、こういうセリフも言ってみたかったんだよな」

にっこり笑って続ける。

「お風呂にする？　それとも俺？」

宇崎はなんとも言えない顔をして、里見の頭に手を置いた。

「馬鹿言ってないで、先に休んでろ」

くしゃっと髪を撫でてから、宇崎がバスルームへ向かう。どうやら、さっきの答えは『風呂』らしい。

半分は冗談だが、半分はちょっと本気だったのに。何しろ彼が忙しくなってから、あまり触れ合う機会もないのだ。でも仕事で疲れている彼に文句は言えない。

コートをハンガーにかけながら、里見はふと彼の背中に呼びかけた。

「なあ、クリスマスの日は休める？」

「クリスマス？」

宇崎は首だけで振り向いた。

「土曜も出勤だし、年末までは無理だな。年が明ければマシになるはずだが」

「そっか……」

里見はがっかりした。まあ確かに、日本の企業にクリスマスは関係ないだろう。今年はたまたま週末に重なったが、年末年始の休みのためにむしろ慌ただしくなっている。

この調子で彼が残業なら、何をする間もなくクリスマスが終わってしまいそうだ。

我ながら、クリスマスパーティーをやりたがる年でもないとは思う。イヴは恋人同士で一緒に過ごすイメージもあるが、決まり事というわけでもない。

もともとは、キリスト教徒の聖なる日なのだから。

里見はすごすごと自分の部屋に向かった。ゆっくり眠ってほしいし、疲れるようなことはさせたくないので、最近は彼のベッドに潜り込むこともできない。欲求不満とは言わないが、寂しいのは確かだ。こんな近くにいるのに、触れられないなんて。

ドアを開けたところで、すぐ後ろから声がした。

「クリスマスがどうかしたのか?」

「な、なんでもない」

里見はぎょっとして、開けかけたドアを閉めた。油断した。音もなく後ろに忍び寄っているとは。

「なんだよ、風呂に入るんだろ」

「お前の様子が変だから気になった」

「別に変じゃない。あんたこそ早く寝たほうがいいぞ。俺ももう寝る」

「さっきの話だが」

「え?」

「風呂よりお前にする、と言ったら?」

「な…」

里見は驚いて振り向いた。

「あれは冗談…」

「俺は本気だ」

「んっ…」

いきなり重ねられた唇に、里見の言葉は封じられてしまった。久しぶりのキスで頭がくらくらする。

彼のキスは気持ちいい。触れる手も肌も、何もかも。

ぼうっとしているうちに、彼が後ろのノブをまわし、ドアを開けようとしている。里見ははっとして、ドアを押さえた。

「先に風呂に入ってこいよ。あんたの部屋で待ってるから」

「お前の部屋には入れてくれないのか？」

「あんたのベッドのほうが大きいし。俺のとこは散らかってるから」

普通の口調で言ったはずなのだが、彼は何かを感じたようだ。里見は商売柄、ごまかすのは得意である。でもなぜか宇崎にはうまくいかない。

「俺を中に入れたくない理由でも？」

「違うよ、考えすぎ…」

「誰かいるのか？」

「へ？」

とんでもない疑いに呆然とする。

「そんなわけないだろ」

「それなら、いいな」

宇崎が力を入れてノブをまわし、強引にドアを開けた。里見を抱えるようにして部屋に踏み入り、電灯のスイッチを入れる。

そこで、動きを止めて固まった。

「あーあ」

里見はぼりぼりと頭を掻いた。

「まだ途中なのに」

部屋の真ん中にどんと鎮座しているのは、クリスマスツリーだった。本物の木ではなく組み立て式のツリーだが、けっこう大きい。

まだ飾り付けを始めたばかりで、いくつか銀色のボールがかかっているだけだ。それだけでは寂しいと分かり、何かオーナメントを買い足そうと思っていたところである。

宇崎はしばらく沈黙したあと、ツリーを指さした。

「隠していたのはこれか?」

「完成したら見せるつもりだったんだ」

「別に隠す必要などないだろう」

「帰ってきた時に驚かそうと思って」

「………」

どうやらこれは、宇崎にとってかなり予想外だったらしい。

「いったいなんだと思ったんだよ」

「いや…」

「俺が部屋に誰か引き入れてるとでも？」

里見がわざとらしく溜息をつく。

「信用ないなあ。仕方ないことだけど、ちょっと傷つくね」

宇崎は一つ息を吐き、里見をそっと抱き寄せた。

「…悪かった」

「貴史？」

「最近、あまり一緒にいられなかったからな。お前が一人で何をしてるか心配だった」

「あんたがいない間にほかの男を連れ込んで、浮気してるかもって心配？」

「お前が俺との生活に飽きてしまわないかという心配だ」

どきっとしてしまう。彼がそんな風に思っていたなんて。

「お前は今まで自由に生きてきただろう。仕事はともかく、刺激的な生活だったのは確かだ。ここに縛りつけられるのは窮屈じゃないのか？」

「思ってたより馬鹿なんだな、貴史は」

里見はぎゅっと宇崎に抱きついた。

「俺は自分で捕まったって言ったろ。逃げたきゃとっくに逃げてる。昔から逃げるのは得意なんだ」

「そうか」

「だからさ、捕まえた以上は責任取ってもらわないと」

宇崎が少し身体を離した。

「どう責任を取ってほしいんだ？」

「仕事が忙しいのは分かるけど、たまにはエサがほしい」

「エサ？」

「クリスマスくらいは一緒に夕飯を食べるとか」

彼がちょっと眉を寄せる。

「豪華なレストランで食事でもするか？」

里見は首を振った。

「そういうんじゃなくて、家で二人きりで過ごしたい。ツリーを飾って、ご馳走《ちそう》を作って、クリスマスソングとか聞いてさ」

「お前…」

宇崎が呆れたように口元を引き上げる。

「子供っぽいのは味覚だけじゃないいな」

「いいだろ、別に」

里見は赤くなった顔を彼の胸に戻した。

「そういうの、今までできなかったんだ。だからちょっと憧れてたんだよ」

照れ隠しにぐりぐりと頭をすりつける。宇崎が里見の髪を撫で、頭のてっぺんに軽くキスをしてくれた。

「お前となら、そんな風に過ごすのも悪くないか」

「貴史…？」

「両親が死んでから、俺もクリスマスを祝ったことがない。この時期は好きじゃなかったが、今年は違うものになりそうだな」

胸が痛む。宇崎が引き取られた叔父夫婦の家では、クリスマスに子供を喜ばせるようなことをしなかったのだろう。

彼もまた、ショーウインドーの外の人間だったのだ。今度のクリスマスは、きっと特別なものになる。二人にとって。

「用意は俺がするから、貴史はなるべく早く帰れるようにがんばってくれ」

「努力しよう」

「あ、それから、エサをもう一つ」

「まだあるのか？」

「たまにはこうやって抱きつきたい」

宇崎の身体がこわばるのを感じ、少し腕をゆるめる。浅ましいと思われるのも嫌なので、冗談めかして続けた。

「最近、触れてくれないからさ。充電って感じ？」

「まったく、お前は…」

彼は深い溜息をついた。

「さっさと自分の部屋にこもってたのはお前のほうだろう」

「あんたが疲れてると思ったんだよ。一人のほうがゆっくり眠れるだろ」

「いつも勝手にベッドに潜り込んだり抱きついたりするくせに、妙な遠慮をするな」

「潜り込んでもよかったんだ？」

「お前がいないとベッドが寒い」

里見はくすくす笑った。

「じゃあ、今夜は温めてあげようか？」

「いや」

宇崎がかすかに微笑んだ。

「俺が熱くしてやる」


「あ…」

里見はシーツの上で身悶《みもだ》えた。

宇崎の舌が乳首に絡みつき、吸ったり舐めたり扱いたりしているのだ。さっきからほかを触りもせず、そこだけをさんざん虐められている。

今ではすっかり赤くなり、痛いほどに尖《とが》っていた。

「も、そこ、やだ…っ」

「気持ちいいんだろう？」

「よく、ないっ…」

「嘘をつけ。下も勃ってるぞ」

胸と同じくらい硬く反応している部分を手でまさぐられ、里見はびくっと震えた。

「だ、だって、久しぶり、だから…」

「自分でしなかったのか?」

「そういうこと、聞くな…っ」

「一人でやるときは俺を呼べ。見ててやる」

「ば、馬鹿っ」

里見は真っ赤になって身をよじり、彼から身体を離した。

「あんた、今日はやらしいぞ。なんか意地悪だし…っ」

「俺も久しぶりだからな。お預けにされてたから」

「お、俺はお預けなんかしてない」

「これでも初心者のお前に気を遣ってるんだ。その気がない時に無理強いできないだろう」

里見が彼のベッドに潜り込まないのを、したくないからだと思っていたのだろうか。気を遣っていたのはこっちなのに。

「なんだよ、やりたいなら、あんたが俺のベッドに潜り込んでくればいいだろ」

「そうなのか?」

「我慢する必要なんかない」

宇崎がにっこりした。あまり見られないその笑顔に、里見の心臓がどきりと鳴る。

「じゃあ、我慢するのはやめよう」

熱烈なキスをされて、身体中が痺れてしまった。キスだけで里見をこんな風にできるのは宇崎だけなのに、分かっていないのだろうか。

里見が拒絶したり、いなくなったりするのをまだ心配しているなんて。

なんとなく彼がかわいくなって首に手をまわし、自分からもキスをする。舌を追いかけるのに夢中になっていると、広げられた太腿の間に彼の熱いものが押しつけられていた。

「あっ、ちょっと、待っ…」

「我慢しなくていいんだろう」

「で、でも、まだ…っ」

「ゆっくりやるから大丈夫だ。時間は十分ある」

「そんな…、あ、ああっ、いっ…!」

悲鳴はキスに吸い込まれた。ゆっくりと容赦なく彼が押し入ってきて、前後に揺らされる。まだ慣らされていなくて辛いはずなのに、それが強烈な快感の波を呼び込み、里見はおののいた。

自分の身体は、すっかり宇崎によって変えられてしまった。彼がやることは、どんなことでも快感になる。

彼の熱で溶かされ、つなぎ合わされて、もう離れることなどできるはずがない。

「あ、あーっ!」

宇崎は激しく動き出し、仕事の疲れなど忘れたかのような獰猛さを発揮した。里見は必死でしがみつき、彼の背中に爪をたてたが、それがますます彼を煽り立てたようだ。

何度もイかされ、さんざん泣かされて、やっぱり少しは我慢してもらったほうがいいかも、と里見は思った。


彼の腕の中でぐったりしながら、里見は飾りかけのツリーに目をやった。

「なあ、貴史…」

「なんだ?」

「クリスマスツリー、リビングに置いてもいい?」

「ああ」

彼は顔を振り向け、里見を抱き寄せた。

「どうせなら一緒に飾りつけをするか?」

「いいの?」

「そういうのも楽しみの一つだろう」

「うん」

「あとは七面鳥をどこで調達するかだな」

「七面鳥?」

「クリスマスの料理といえば七面鳥だ」

「そうだっけ?　鶏の腿肉かと思ってた。ほら、手で持つところにひらひらした紙を巻いてさ、かぶりつくんだ」

「…お前がいいなら、鶏にするか」

「うん。それに、飲み物はアルコール抜きのシャンパンがいいな。あの甘いやつ」

「本物のシャンパンじゃ駄目なのか?」

「やっぱ、クリスマスといえばアレだろ」

宇崎が微妙な表情をする。

里見は笑いながら目を閉じた。まあ、実のところ本物のシャンパンのほうが好きなのだが、それはあとで打ち明ければいいだろう。

今は思い切りわがままを言って、甘えていたい。

この夜が明けるまで。

あとがき

こんにちは。洸《あきら》です。

今回は『かわいい詐欺師』がものすごく書きたくなりまして、主人公は詐欺師になりました。

結婚詐欺師とかではなく、偽造証書などを使ういわゆる『紙屋』です。

でもひょんなことから過去に騙した相手に見つかって、詐欺師の腕を横領犯人捜しに使うことになります。

毒をもって毒を制す、というところですが、この詐欺師、甘いカレーが好きで、ピーマンが苦手。

果たして『かわいい』ところは騙しのテクニックなのか？　ほんとはただの甘えたなのかも…？　というところを、楽しんでいただければと思います。

挿絵は小山田あみさんに描いていただきました！

私は小山田さんのセクシーでカッコいい絵が大好きですので、組ませていただいてとても光栄です。特に唇が色っぽいんですよ！

皆さまもどうぞステキなイラストを堪能してください。

アメリカで『偉大なる詐欺師』といわれた男が捕まったあと、ＦＢＩが雇ったというのは、映画にもなった有名な実話。

そのあと彼は、自分が騙した銀行で防犯対策をレクチャーしていたとか。

ハッカーをコンピューター犯罪防止のためにスカウトしてる、という話もありますし、毒をもって毒を制す、というのはけっこう有効そうです。

振り込め詐欺なんかも、早く撲滅してほしいですね。

なお、私は「祭り囃子」というサークルに所属しております。イベントなどにもそこで参加してます。　http://www1.odn.ne.jp/matsurib/

ブログもちまちまっと更新しておりますので、お暇な時はのぞいてみてください。

最後になりましたが、読んでいただいた読者の皆さまに、厚く御礼申し上げます。

二〇一一年　冬　　洸

KAIOHSHA ガッシュ文庫

詐欺師は恋に騙される
（書き下ろし）
詐欺師は甘えて恋をする
（書き下ろし）

洸先生・小山田あみ先生へのご感想・ファンレターは
〒102-8405 東京都千代田区一番町29-6
（株）海王社 ガッシュ文庫編集部気付でお送り下さい。

詐欺師は恋に騙される

2012年1月10日初版第一刷発行

著　者　洸
発行人　角谷　治
発行所　株式会社 海王社
〒102-8405　東京都千代田区一番町29-6
TEL.03(3222)5119(編集部)
TEL.03(3222)3744(出版営業部)
www.kaiohsha.com
印　刷　図書印刷株式会社

ISBN978-4-7964-0260-6

KAIOHSHA ガッシュ文庫

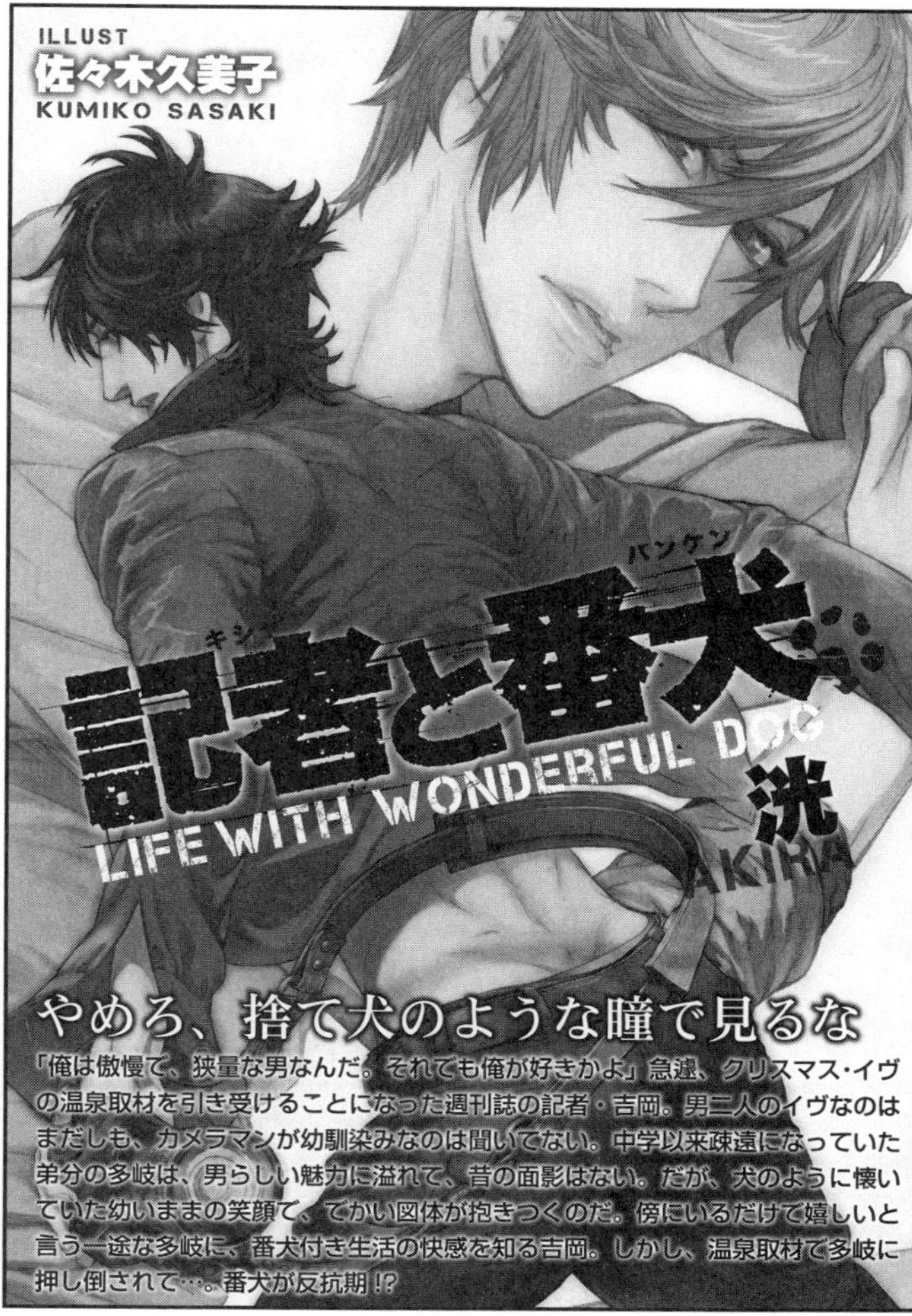
ILLUST
佐々木久美子
KUMIKO SASAKI
記者と番犬《バンケン》
LIFE WITH WONDERFUL DOG
洸
AKIRA
やめろ、捨て犬のような瞳で見るな
「俺は傲慢で、狭量な男なんだ。それでも俺が好きかよ」急遽、クリスマス・イヴの温泉取材を引き受けることになった週刊誌の記者・吉岡。男二人のイヴなのはまだしも、カメラマンが幼馴染みなのは聞いてない。中学以来疎遠になっていた弟分の多岐は、男らしい魅力に溢れて、昔の面影はない。だが、犬のように懐いていた幼いままの笑顔で、でかい図体が抱きつくのだ。傍にいるだけで嬉しいと言う一途な多岐に、番犬付き生活の快感を知る吉岡。しかし、温泉取材で多岐に押し倒されて…。番犬が反抗期!?